LE PASSAGER

DU MÊME AUTEUR CHEZ ALIRE

5150 rue des Ormes. Roman.
Beauport, Alire, Romans 045, 2001.
Lévis, Alire, GF, 2009.

Le Passager. Roman.
Lévis, Alire, Romans 066, 2003.

Sur le seuil. Roman.
Beauport, Alire, Romans 015, 1998.
Lévis, Alire, GF, 2003.

Aliss. Roman.
Beauport, Alire, Romans 039, 2000.

Les Sept Jours du talion. Roman.
Lévis, Alire, Romans 059, 2002.
Lévis, Alire, GF, 2010.

Oniria. Roman.
Lévis, Alire, Romans 076, 2004.

Le Vide. Roman.
Lévis, Alire, GF, 2007.
Repris en deux tomes :
Le Vide -1. Vivre au Max
Lévis, Alire, Romans 109, 2008.
Le Vide -2. Flambeaux
Lévis, Alire, Romans 110, 2008.

Hell.com. Roman.
Lévis, Alire, GF, 2009.
Lévis, Alire, Romans 136, 2010.

Malphas
1. *Le Cas des casiers carnassiers*
Lévis, Alire, GF, 2011.

2. *Torture, luxure et lecture*
Lévis, Alire, GF, 2012.

3. *Ce qui se passe dans la cave reste dans la cave*
Lévis, Alire, GF, 2013.

LE PASSAGER

PATRICK SENÉCAL

ALIRE

Illustration de couverture : Jacques Lamontagne

Photographie : Karine Patry

Distributeurs exclusifs :

Canada et États-Unis :
Messageries ADP
2315, rue de la Province,
Longueuil (Québec) Canada
J4G 1G4
Téléphone : 450-640-1237
Télécopieur : 450-674-6237

France et autres pays :
Interforum editis
Immeuble Paryseine, 3,
Allée de la Seine, 94854 Ivry Cedex
Tél. : 33 (0) 4 49 59 11 56/91
Télécopieur : 33 (0) 1 49 59 11 33
Service commande France Métropolitaine
Tél. : 33 (0) 2 38 32 71 00
Télécopieur : 33 (0) 2 38 32 71 28
Service commandes Export-DOM-TOM
Télécopieur : 33 (0) 2 38 32 78 86
Internet : www.interforum.fr
Courriel : cdes-export@interforum.fr

Suisse :
Interforum editis Suisse
Case postale 69 – CH 1701 Fribourg – Suisse
Téléphone : 41 (0) 26 460 80 60
Télécopieur : 41 (0) 26 460 80 68
Internet : www.interforumsuisse.ch
Courriel : office@interforumsuisse.ch
Distributeur : OLS S.A.
Zl. 3, Corminboeuf
Case postale 1061 – CH 1701 Fribourg – Suisse
Commandes :
Tél. : 41 (0) 26 467 53 33
Télécopieur : 41 (0) 26 467 55 66
Internet : www.olf.ch
Courriel : information@olf.ch

Belgique et Luxembourg :
Interforum editis Benelux S.A.
Boulevard de l'Europe 117, B-1301 Wavre – Belgique
Tél. : 32 (0) 10 42 03 20
Télécopieur : 32 (0) 10 41 20 24
Internet : www.interforum.be
Courriel : info@interforum.be

Pour toute information supplémentaire
Les Éditions Alire inc.
C. P. 67, Succ. B, Québec (Qc) Canada G1K 7A1
Tél. : 418-835-4441   Fax : 418-838-4443
Courriel : info@alire.com
Internet : www.alire.com

Les Éditions Alire inc. bénéficient des programmes d'aide à l'édition de la Société de développement des entreprises culturelles du Québec (SODEC), du Conseil des Arts du Canada (CAC) et reconnaissent l'aide financière du gouvernement du Canada par l'entremise du Programme d'aide au développement de l'industrie de l'édition (PADIÉ) pour leurs activités d'édition.

Gouvernement du Québec – Programme de crédit d'impôt pour l'édition de livres – Gestion Sodec.

1er dépôt légal : 1er trimestre 2003
Bibliothèque nationale du Québec
Bibliothèque nationale du Canada

100e MILLE

À mon père et à ma mère,
à qui je dois tant.

REPÈRES BIBLIOGRAPHIQUES

La première version de ce roman est parue en 1995 chez
Guy Saint-Jean éditeur, collection Noir : horreur. La présente édition propose une toute nouvelle version qui en
constitue la version définitive.

L'homme avait quitté depuis un moment le petit sentier de terre battue et s'enfonçait entre les arbres, son regard à la fois furieux et inquiet. À plusieurs reprises, il s'arrêta pour crier le nom de son fils, mais, à l'exception de quelques gazouillements d'oiseaux moqueurs, le silence était la seule réponse à ses appels. Malgré la dense végétation, on voyait des herbes aplaties, des branches écartées, comme si on était souvent passé par là. C'est cette ébauche de chemin que suivait l'homme d'un pas de plus en plus fébrile.

Enfin, il entendit une voix, qu'il reconnut aussitôt comme celle de son fils. Elle venait de derrière un immense buisson, juste devant lui. L'homme s'arrêta et écouta un moment son fils qui parlait à quelqu'un :

— T'as raison. Au moins, ça valait la peine !

L'homme serra les poings. L'inquiétude s'envola de ses traits, cédant toute la place à la colère. Il s'élança vers le buisson, le contourna d'un mouvement rapide et s'écria :

— Te voilà, toi ! Tu vas me...

Il s'immobilisa aussitôt et ses yeux s'écarquillèrent de stupeur. Pendant quelques secondes, il contempla la scène en silence, bouche bée.

— Seigneur…, marmonna-t-il enfin.

La couleuvre tire la langue vers moi.

— La violence, le morbide, le mystère… Éternelle fascination, fait la voix à mes côtés.

Je quitte le dessin des yeux et tourne la tête vers Paul. Il me considère avec son petit sourire malicieux, que je trouvais assez inquiétant du temps qu'il m'enseignait; mais j'adorais sa voix douce, sa diction parfaite. Maintenant dans le début de la soixantaine, il avait eu de la difficulté à se souvenir de moi. Ça fait tout de même un bout de temps, quoique le jeune homme de vingt-huit ans d'aujourd'hui ne soit pas très différent du collégien que j'étais à l'époque : même grandeur, même cheveux châtains courts, même petits yeux bruns… Un peu plus gras, peut-être.

— Personnellement, je n'ai jamais été attiré par tout ce qui a trait à la violence, que je lui dis.

Il relève le menton, sceptique, puis s'assoit devant son bureau.

— En tout cas, les ados en sont maniaques. Tu sais que c'est un des cours complémentaires qui fonctionnent le mieux ?

— Ça me surprend. Les cours de littérature n'ont pas l'habitude d'être très populaires…

— Mais «Littérature fantastique», c'est autre chose! Ça attire! Toi-même, il y a dix ans, tu l'as suivi, malgré ton supposé désintérêt.

— Non, que je corrige patiemment. Non, c'est un cours sur le XIXe siècle que tu m'as donné…

— Ah, oui?… Oui, c'est vrai…

Je le lui avais pourtant dit, tout à l'heure, en arrivant au département. Je commence à comprendre pourquoi il doit interrompre son enseignement. La retraite n'est sûrement pas loin : il y a des signes qui ne trompent pas, et prendre un congé de maladie en plein milieu du trimestre en est un, surtout lorsqu'il n'y a pas de véritable maladie…

Il fouille quelques instants dans ses papiers. Debout à ses côtés, je regarde autour de moi. Le département est à peu près vide. Il n'y a qu'un autre professeur, à un bureau du fond. Une femme assez jeune, qui ne travaillait évidemment pas ici lorsque j'y étudiais. À voir son visage concentré, penché sur une feuille, elle doit être en train de corriger une copie particulièrement ardue. D'ici quelques jours, c'est moi qui vais afficher ce genre d'expression.

Paul farfouille toujours dans sa paperasse en marmonnant des mots inintelligibles. J'en profite pour poursuivre mon examen du dessin accroché sur la première tablette de son bureau. Ça représente une sorte d'amoncellement de morceaux de métal disparates duquel surgit une couleuvre qui, fièrement dressée, pointe sa langue fourchue vers l'observateur. Ce n'est pas la première fois que je vois ce genre d'illustration sur le bureau de mon ex-professeur. Quand il m'enseignait, il cultivait déjà cette passion pour les dessins insolites, mais celui-ci m'intrigue particulièrement.

Paul pousse enfin une exclamation de satisfaction et tend une feuille vers moi :

— C'est le corpus de lecture pour la session.

Je lis les titres : *Le portrait de Dorian Gray* d'Oscar Wilde, *Sredni Vashtar* de Saki, *La chute de la maison Usher* de Poe, et *Shining* de Stephen King.

— Saki et Poe, ce sont deux nouvelles, explique Paul. Je leur donne des photocopies. Les deux autres sont des romans qu'ils doivent acheter. D'ailleurs, ils ont déjà lu Wilde et tout le travail sur lui est terminé. On est rendus à Saki. T'as déjà lu un de ces titres ?

J'avoue que non. Il faut dire qu'à l'université, en études littéraires, le fantastique n'était pas très prisé, il était souvent relégué à une simple littérature de consommation que l'on daignait parfois étudier avec une nette condescendance. Les noms de Poe et Wilde avaient parfois franchi les lèvres de certains de mes professeurs, contrairement à celui de Saki qui ne me disait absolument rien. Quant à Stephen King, je crois que les universitaires auraient préféré se faire trancher les mains plutôt que de tenir un exemplaire de ce «paralittéraire». Mais je suis bien mal placé pour ironiser. Moi-même, j'ai toujours trouvé ce genre d'histoires peu dignes d'intérêt. Préjugé d'intellectuel ? C'est ce que j'allais vérifier dans les prochaines semaines…

Et, de nouveau, je ressens ce mélange d'excitation et de déception éprouvé quelques jours auparavant.

Excitation de savoir que je vais enfin enseigner dans un cégep. Pas une charge complète de quatre groupes, mais trois, ce qui est un départ tout à fait respectable pour une première expérience au niveau collégial. Bien sûr, être un ancien étudiant d'ici a sûrement été un atout, mais je crois avoir passé une bonne entrevue. Après avoir travaillé deux ans au secondaire (deux années d'enfer! D'ailleurs, je n'ai même pas été capable de terminer la seconde…), j'étais donc enthousiaste à l'idée d'enseigner enfin la littérature, et non plus le subjonctif plus-que-parfait.

Mais légère déception aussi en apprenant que je donnerais le cours de littérature fantastique. Non seulement je n'ai jamais rien lu de ce genre, mais je n'ai vu que trois ou quatre films d'horreur dans ma vie, plutôt mauvais en plus. Cela m'a rappelé mon enfance, durant laquelle mes parents me tenaient éloigné de toute lecture noire ou sanglante… Enfin, une partie de mon enfance, puisque mes souvenirs commencent à l'âge de neuf ans. Curieusement, je ne me souviens à peu près de rien de ce qui s'est passé avant cet âge pourtant avancé… Mon père et ma mère sélectionnaient donc, avec une rigueur extrême, les livres qui me tombaient sous la main pour éliminer systématiquement tout ce qui traitait, ne fût-ce que superficiellement, de violence et de mort. Ce sévère contrôle s'est poursuivi jusqu'à mes quatorze ou quinze ans, ce qui est tout à fait excessif. Mais leur cure de pureté avait parfaite-ment fonctionné : depuis, je ne me suis jamais intéressé à ce genre de bouquins. Ce qui fait qu'au-jourd'hui, alors que je rêve d'enseigner Musset et

Zola, je suis sur le point de faire découvrir à des jeunes des livres que je ne connais pas moi-même. J'avais quatre jours pour réparer cette ignorance. Mais je n'allais pas faire la fine bouche. Comme Nicole (un autre professeur) me l'a dit ce matin : « Étienne, tu as un pied dans la place, maintenant… » Phrase pleine de belles promesses. Les romantiques et les naturalistes pouvaient donc attendre un peu…

— Inutile que tu achètes tout ça, fait Paul en retournant fouiller dans son fatras. Je vais te prêter mes exemplaires.

Mon attention revient sur le petit dessin accroché à l'étagère. La couleuvre me fixe toujours de ses yeux menaçants. Cette ferraille de laquelle émerge sa tête m'intrigue : tas informe de morceaux de métal imprécis, parmi lesquels je crois tout de même reconnaître des chaînes.

Paul me tend enfin quatre livres, ainsi que ses notes de cours. Je prends livres et feuilles, le remercie, range le tout dans ma serviette avec un ricanement nerveux.

— Quatre jours pour lire tout ça et préparer mon premier cours… Je sens que je vais passer la fin de semaine enfermé dans mon appartement.

— Pour la semaine prochaine, attarde-toi surtout sur la nouvelle de Saki, ils sont supposés la lire pour le prochain cours.

Je le remercie une fois de plus, sentant l'excitation monter en moi.

— Tu retournes à Montréal tout de suite ou tu soupes à Drummondville ?

C'était là l'inconvénient majeur. Il faudra que je voyage Montréal-Drummondville, aller-retour, trois

fois par semaine. Si je finis par avoir une perma-
nence, peut-être que je déménagerai ici. Mais franchement, cette éventualité ne me sourit pas du tout.
J'habite la métropole depuis maintenant dix ans,
tous mes amis s'y trouvent et je me suis habitué à
ses cinémas, à ses librairies et à sa faune hétéro-
clite. Revenir vivre dans la blanche, tranquille et
lisse Drummondville équivaudrait à une sorte de
pèlerinage dans le désert.

— Je soupe chez mes parents et je remonte à
Montréal ce soir.

Il recule sur sa chaise et croise ses bras. Dieu,
qu'il a vieilli en dix ans... Je me demande même
s'il va revenir après les fêtes. Peut-être que non...
Cela me ferait encore du travail. J'ai beau me trouver
mesquin de nourrir une telle pensée, je ne peux
m'empêcher de le souhaiter quand même... Pourquoi
pas ? Paul est fatigué, c'est clair, il mériterait bien
sa retraite. Et comme pour me donner raison (et,
par le fait même, me déculpabiliser), il lance :

— En tout cas, on est bien contents de t'avoir avec
nous, Étienne. Du sang jeune, ça va faire du bien
au département ! Tu vas être le seul prof qui a en bas
de trente ans, tu savais ça ?

L'autre enseignante présente dans le département lève un instant son nez de ses copies et proteste
en souriant : elle a vingt-neuf ans. Elle est peut-être
plongée dans ses corrections, elle n'en écoute pas
moins ce qui se passe autour d'elle.

— C'est vrai, Marie-Hélène, j'avais oublié, ricane Paul.

Marie-Hélène replonge dans ses copies. Je la
considère un moment. Pas laide. Pas aussi jolie que
Manon, mais...

Bon. Ce n'est vraiment pas le temps de penser à Manon !

Je reviens à Paul. Malgré son sourire, un nuage triste passe dans le ciel de ses yeux.

— Tranquillement, les vieux s'en vont...

Je me sens un peu mal à l'aise et, par contenance, tourne la tête vers le dessin sur l'étagère. Paul suit mon regard.

— Beau dessin, hein ? J'ai fait photocopier ça d'un livre qui parle justement des thèmes fantastiques.

— C'est assez spécial, effectivement. Une couleuvre qui sort d'un tas de chaînes...

Il s'étonne. Une couleuvre ? Tiens, c'est une idée. Il avait toujours pensé à un serpent, mais pourquoi pas une couleuvre ? Il approche sa figure du dessin et plisse ses yeux fatigués.

— Mais pour ce qui est des chaînes... De la ferraille, oui, mais où diable vois-tu des chaînes ?

J'examine une nouvelle fois le dessin. En effet, ce n'est pas si évident. Je hausse les épaules, désintéressé du dessin, puis tends la main vers Paul :

— Bon ! Je m'en vais chez mes parents ! Je sens que je vais être fêté !

◆

Comme je m'y attendais, mon père et ma mère m'ont préparé un souper royal. Même eux, qui font attention à leur alimentation, oublient volontairement de compter leurs calories pour un soir. J'ai toujours trouvé fascinante l'attention qu'ils prêtaient à leur santé, moi qui ai plutôt tendance à voir

la vie comme une suite d'excès dont il faut profiter. Mais, avouons-le, les résultats sont là : mon
père, à cinquante-deux ans, est plus mince que moi
et ma mère, qui en a quarante-neuf, pourrait sûrement séduire plusieurs de mes amis.

Pendant le repas, alors que je leur explique mon
cours, ils affectent une certaine surprise : ils donnent
des cours de *ça* au cégep ?

— Pourquoi pas ? C'est un genre littéraire comme
un autre...

Je suis un peu sur la défensive : n'avais-je pas
eu la même réaction qu'eux quand on m'avait expliqué le cours ?

— Mais tu ne connais rien là-dedans, Étienne,
fait remarquer ma mère, comme pour insister. Tu
n'en as jamais lu.

— J'ai quatre jours pour m'y mettre.

Et j'ajoute avec un petit sourire moqueur :

— À moins que vous trouviez que je suis encore
trop jeune pour lire ce genre de livres...

Mon père rigole, la bouche pleine. Ma mère
demeure sérieuse : elle n'aime jamais que je tourne
en dérision ses techniques pédagogiques.

— C'était peut-être un peu excessif, Étienne,
mais c'était pour ton bien. Tu étais un enfant très
sensible, très impressionnable.

Et comme chaque fois que je la taquine sur son
côté trop mère poule, elle s'empresse de changer
de sujet, avec une aisance aussi remarquable que
déroutante :

— Et ton horaire, c'est quoi ?

Je leur explique : trois groupes par semaine, des
cours de trois heures, toujours le matin. Le lundi

à neuf heures, le mercredi à huit et le vendredi à neuf.

— Deux groupes seront composés d'étudiants en cours complémentaires. Mais celui du mercredi est un cours obligatoire pour les étudiants en arts et lettres. Je vais pouvoir me permettre d'aller un peu plus loin avec eux...

— Huit heures, le mercredi matin... Ça fait tôt pour partir de Montréal, remarque ma mère. Si tu veux descendre coucher ici le mardi soir, tu es le bienvenu...

— Ce n'est pas une mauvaise idée, merci de l'invitation.

— Tu peux même coucher ici plus souvent, si tu veux, ajoute mon père. Maintenant que Manon n'est plus là, tu...

— Une fois par semaine, ça va être parfait.

J'ai été plus sec que je ne l'aurais voulu et ils retournent à leur assiette, penauds. Mais ma mère ne peut s'empêcher d'ajouter à voix basse, tout en coupant sa viande d'un air faussement naturel :

— Ce n'est pas bon que tu restes tout seul dans un grand appartement, à Montréal.

Je continue de manger en silence. Ça, c'est une autre raison pour laquelle je ne veux pas coucher ici plus d'une fois par semaine. Je n'ai pas envie de subir leurs tentatives pour me ramener à Drummondville. Ils m'ont toujours tellement couvé. Il est vrai que cela m'a pris pas mal de temps à couper le cordon... Il est vrai aussi que, depuis le départ de Manon il y a trois mois, c'est la première fois que je vis seul en appartement. Mais justement : c'est l'occasion de montrer à mes parents que j'ai maintenant vingt-huit ans et que je peux me débrouiller seul.

— Bon, d'accord, couche ici juste le mardi, concède enfin ma mère. Mais tu peux venir manger quand tu veux. Si tu as un petit creux après tes cours, avant de remonter à Montréal...

Je la remercie d'un sourire, sans moquerie cette fois. Mon père ajoute en me mettant la main sur l'épaule :

— Et encore bravo pour ta nouvelle job, mon homme. On est bien fiers de toi.

Je les regarde tous les deux. J'oublie tous leurs petits défauts. Je les aime.

◆

Le trajet Drummondville-Montréal sur l'autoroute vingt mériterait de figurer en première place sur la liste des parcours les plus soporifiques de la planète : presque toujours en ligne droite, entouré de champs plats, de boisés quelconques, coupé d'une multitude de sorties menant à des petites villes sans intérêt. Les monts Saint-Hilaire et Saint-Bruno sont si incongrus sur cette peau sans aucune aspérité qu'ils semblent s'excuser de leur tridimensionnalité incongrue. Mais aussi bien m'y habituer : ce décor conçu par un directeur artistique peu inspiré défilerait désormais souvent sous mes yeux. Tout en retournant à Montréal, je ne peux m'empêcher de lire le nom de chaque sortie : Saint-Germain, Saint-Eugène, Saint-Nazaire, Sainte-Hélène, Saint-Valérien, Saint-Hyacinthe... D'ici deux semaines, je les connaîtrai sûrement toutes par cœur.

Nous sommes le 12 octobre et même si certains arbres ont déjà sorti leur coiffure d'automne, la température demeure très douce. Les sorties se poursuivent, imperturbables dans leur régularité : Sainte-Madeleine… Mont-Saint-Hilaire… Belœil… Il est dix-neuf heures et la nuit tombe. Dans environ trente minutes, je serai chez moi, dans mon grand cinq pièces et demie. Seul. Programme peu réjouissant.

Même si j'en parle peu à mes parents, les trois derniers mois ont vraiment été épouvantables. Depuis le départ de Manon, je pleure presque toutes les nuits. Je n'y peux rien : je me couche, quelque peu angoissé, je m'endors au bout d'une vingtaine de minutes, et je me réveille, quelques heures plus tard, en pleurant. Je ne me rendors qu'à l'aube. Un vrai mélodrame italien. Mais maintenant que j'ai un nouveau travail, je serai sans doute trop occupé pour broyer du noir et, je l'espère, trop crevé pour me complaire dans mes sanglots nocturnes.

Ces beaux discours rationnels volent en éclats dès l'ouverture de la porte d'entrée, vaincus par la grandeur et l'obscurité de l'appartement. Je me laisse tomber dans mon fauteuil malgré moi et replonge dans mes sombres et familières songeries qui, en général, sont formées d'un mélange de remords, de rancune et d'incompréhension. Même si Manon m'a dit qu'elle ne partait pas pour un autre homme, je ne peux l'imaginer autrement qu'en train de faire l'amour avec un type beaucoup plus beau que moi, beaucoup plus gentil et, surtout, bien meilleur amant. Car, évidemment, dans mes pensées, elle hurle de jouissance sous ce corps inconnu, elle jouit comme elle n'a jamais joui avec moi en six ans de vie commune, elle délire de plaisir et chacun de ses multiples orgasmes est plus fort que le précédent, tandis qu'elle implore son dieu grec de la baiser encore, et encore, et…

Je me lève d'un bond. Pas de ça ce soir! Trop de travail! Je remets donc à plus tard ma séance de masochisme et ouvre ma serviette. Je vais commencer par la nouvelle de Saki, *Sredni Vashtar*, celle que les étudiants doivent lire pour lundi. J'observe le bouquin entre mes mains, une anthologie de plusieurs nouvelles fantastiques. Que vais-je découvrir dans ce monde qui m'est inconnu? Des monstres sanguinaires? Des vampires? Des loups-garous? Je souris, ouvre le livre à la bonne page et commence ma lecture.

Comme la nouvelle n'a même pas dix pages, je la termine en quelques minutes. Après avoir lu la dernière ligne, je demeure un bon moment immobile, puis, lentement, referme le livre. Dans l'appartement, le silence est complet. Seul le bruit du frigo fait légèrement vibrer l'air.

Je dois l'admettre: cette petite histoire m'a proprement fasciné.

Le propos est pourtant assez simple: un petit garçon de dix ans est sous la tutelle de sa tante. Comme elle le contrôle de manière absolue et ne lui laisse aucune liberté, il en vient rapidement à la détester. Un jour, l'enfant capture un furet, le cache dans une cabane et se met à le considérer comme une sorte de dieu. Quelque temps plus tard, sa tante apprend cette cachotterie. Elle décide d'aller chercher l'animal pour s'en débarrasser. L'enfant, de la fenêtre de sa chambre, voit sa tante entrer dans la cabane. Au bout de quelques minutes, le furet sort et disparaît dans la nature. Mais la tante, elle, ne sort pas. Alors, l'enfant quitte la fenêtre, satisfait.

Voilà, c'est tout. Rien n'est expliqué, mais on devine aisément ce qui s'est passé : par l'imagination de l'enfant, le furet est véritablement devenu un dieu, un dieu vengeur. Rien là de bien original. Et pourtant, cette histoire m'a vraiment procuré une onde de choc. Je tourne et retourne le livre entre mes mains, essayant de m'expliquer cette impression.

Est-ce que les lectures suivantes vont me faire le même effet ?

Je lis toute la soirée. Le lendemain, je passe aussi la journée plongé dans les livres. En fait, je m'autorise à arrêter le samedi soir, vers vingt heures. J'ai lu la nouvelle de Poe ainsi que le roman complet de King, *Shining*, qui est une brique de cinq cents pages. Verdict : c'était très bon. King n'est pas un grand styliste, mais il sait raconter une histoire. Poe est carrément terrifiant. Mais, malgré ma surprise et mon plaisir, je n'ai pas éprouvé avec ces deux auteurs la même fascination, le même choc que chez Saki. Je ne sais pas pourquoi. Peut-être parce que *Sredni Vashtar* était la première du genre que je découvrais. Pourtant, je suis sûr qu'il y a plus que ça, même si je ne mets pas le doigt dessus.

Le téléphone sonne. C'est Louis. Comme je m'y attendais, il propose d'aller fêter mon nouveau statut de «fonctionnaire de l'éducation». Même si l'envie ne manque pas, je dois décliner : je suis trop crevé et demain matin, très tôt, je dois préparer mon premier cours. Louis comprend et me fait promettre que ce n'est que partie remise. Je promets. Il est mon meilleur ami, il sera le premier avec qui je fêterai mon nouvel emploi.

Je trouve la force d'aller me louer un film, mais pas celle de l'écouter jusqu'au bout. À trois heures du matin, je me réveille, toujours dans le fauteuil, angoissé, la tête pleine de Manon. Mais contrairement aux nuits précédentes, je ne pleure pas. Même que je me rendors assez rapidement. J'avais donc raison : le travail sera un excellent insecticide contre mes « bibites ».

Dimanche matin, je commence à préparer mon cours. Bien sûr, j'ai les notes de Paul, mais c'est si mal écrit, si incompréhensible que je renonce bientôt et décide de tout monter moi-même. En analysant la nouvelle de Saki, je crois enfin saisir ce qui m'a tant impressionné dans cette petite histoire : le monstre de l'histoire est un enfant de dix ans. Bien sûr, c'est le furet qui a éliminé la tante, mais par la volonté du gamin. Thématique intéressante, au point que je décide de développer mon premier cours autour de cette idée.

Durant l'après-midi, c'est Alain et Julie qui m'appellent pour m'inviter à souper et, comme la veille avec Louis, je suis obligé de refuser.

Enfin, vers dix-huit heures, mon cours est parfaitement fignolé. Je relis mes notes, très satisfait : me voilà prêt pour le grand saut de demain. Pour fêter ça, je décide d'aller manger au restau du coin. D'ailleurs, depuis que Manon est partie, tous les prétextes sont bons pour y aller. Non pas que je sois incapable de cuisiner, mais j'évite de manger seul dans ce grand appartement. L'écho du bruit de

mes ustensiles m'est parfois parfaitement insupportable.

Dehors, il fait frisquet et le ciel est déjà sombre.
Je parcours la 18e Avenue vers la rue Masson, les
mains dans les poches, lorsqu'une voix d'enfant
me crie un « attention, monsieur ! » strident, juste
derrière moi. D'instinct, je fais un bond sur le côté
et tourne la tête. J'ai juste le temps de voir un jeune
cycliste qui, en voulant m'éviter, perd le contrôle
et percute une petite clôture blanche entourant le
gazon d'un triplex. La chute est rude, mais pas réellement grave. Je m'approche du gamin qui, assis
sur le sol, se frotte la jambe en grimaçant.

— Tu t'es fait mal ?

— Non, non, c'est correct, siffle le petit orgueil-
leux entre ses dents.

Je l'aide à se relever et ne peux m'empêcher de
le sermonner. Quelle idée, aussi, de rouler sur les
trottoirs, lorsqu'il commence à faire noir en plus ! Le
garçon doit avoir neuf ou dix ans et, manifestement,
se moque éperdument de ma grande sagesse. Il
redresse son vélo et grogne de dépit.

— Criss, ma chaîne est débarquée !

— Bon, bon, c'est pas une raison pour parler
comme ça ! Tiens ton vélo bien droit, je vais la replacer.

Le gamin n'est pas emballé par l'idée d'être aidé
par un vieux, mais il s'exécute sans un mot.

Je me penche et prends la petite chaîne du bout
des doigts.

— L'important, c'est de ne pas se salir les mains.

J'examine la chaîne. Je n'ai jamais fait ça de ma
vie, mais ça ne doit pas être bien compliqué. En

fait, je n'ai jamais eu de vélo, pour la simple et bonne raison que je n'ai jamais aimé cela, même gamin. Vers dix ou onze ans, en constatant que tous mes amis en possédaient un, j'ai voulu essayer, mais cela m'a tellement terrifié que j'ai renoncé. Mes parents, d'ailleurs, n'ont jamais insisté pour que je surmonte cette peur. Même récemment, il y a deux ou trois ans, je suis monté sur le vélo de Louis et je n'ai pas du tout apprécié l'expérience. Curieuse phobie, quand même…

Cela doit faire quelques secondes que je suis immobile avec cette chaîne entre les doigts, car l'enfant me tire de mes souvenirs, un rien impatient :

— Vous savez pas comment ça marche ?

Je le rassure, puis installe assez facilement la chaîne sur le dérailleur. Je dis ensuite à l'enfant de lever seulement sa roue de derrière, ce qu'il fait sans difficulté. De ma main droite, je commence à tourner une pédale. La chaîne produit d'abord un bruit de ferraille grinçante, puis s'enclenche parfaitement dans le dérailleur.

— Merci, monsieur…

Je continue à tourner la pédale, les yeux rivés à la chaîne. Elle tourne de plus en plus vite en produisant un petit son métallique, une sorte de «tiketik-ketik-ketik» hypnotique…

— Ça va, monsieur, je pense que c'est réparé, là…

Je lâche la pédale et me relève d'un mouvement rapide, comme si on venait de me pincer en train de faire un mauvais coup. Je regarde le jeune en souriant bêtement. Lui me dévisage effrontément.

— Merci, répète-t-il sans enthousiasme.

— Y a pas de quoi...

Je dois avoir un drôle d'air, car il me considère encore quelques secondes avant de repartir. Je le suis longuement des yeux, puis essuie mes mains l'une contre l'autre, vaguement mal à l'aise. J'ai vraiment trop travaillé en fin de semaine, moi...

Je me remets en marche vers le restaurant.

◆

Mon premier cours se déroule particulièrement bien. Les étudiants m'accueillent tout d'abord avec méfiance, ce qui est un peu normal : après tout, je viens remplacer un professeur qu'ils connaissent depuis huit semaines, et je sais que Paul est un enseignant très apprécié des élèves. De plus, un professeur est jugé dans les dix premières minutes de cours. S'il fait une gaffe en commençant, il est foutu pour la session. Je démarre donc avec prudence, avec naturel, sans essayer de faire le « cool-qui-comprend-les-jeunes », et plus le cours avance, plus je les sens se détendre, au point que ma propre nervosité (que je camoufle plutôt adroitement) disparaît presque entièrement au bout de la première période.

Au retour de la pause, nous parlons de la nouvelle de Saki, que tous les étudiants sont censés avoir lu pour aujourd'hui.

— D'après vous, comment la peur fonctionne-t-elle dans cette histoire ?

Comme je m'y attendais, personne ne répond. Pas évident de faire participer une classe : certains s'en moquent, d'autres sont trop gênés, d'autres ne savent carrément pas quoi répondre… J'insiste un peu, et deux ou trois courageux finissent par proposer des pistes. Je les écoute, approuve, puis avance une hypothèse un peu plus poussée :

— Ébranler nos valeurs fondamentales est un moyen de créer l'horreur. Ici, les valeurs mises à rude épreuve sont celles que nous nous faisons de l'enfance, c'est-à-dire la pureté et l'innocence. Nous ne voulons pas croire que les enfants puissent être responsables, surtout volontairement, d'atrocités. Donc, lire une histoire qui vient nous affirmer le contraire, comme celle de Saki, ne peut que nous terrifier.

— C'est un thème fréquent, lance une voix féminine.

C'est une étudiante qui n'a pas encore dit un mot mais que je sens très attentive depuis le début du cours. Je lui demande de s'expliquer, ce qu'elle fait avec une pointe de fierté :

— Les auteurs qui écrivent de l'horreur font ça souvent : mêler des enfants à des histoires ben effrayantes… C'est efficace. En tout cas, moi, ça me fait toujours *bad triper*.

Quelques ricanements. Intérieurement, je pédale un peu : je ne me doutais absolument pas que le thème de l'enfance était prisé dans le fantastique. Mais ne voulant pas exposer mes lacunes, surtout au premier cours, je me contente d'approuver par un : «Oui, oui, absolument», en hochant stupidement la tête. Et tout à coup, en m'en rendant à peine compte, j'ajoute d'une voix tout à fait assurée :

— D'ailleurs, dans les prochaines semaines, nous verrons d'autres histoires qui traitent du même thème, si vous n'y voyez pas d'inconvénients…

Voilà où m'entraîne mon enthousiaste ! Mais l'air satisfait de plusieurs étudiants confirme la pertinence de mon idée.

Ne me reste plus qu'à trouver les histoires en question !

◆

Après le cours, je monte au département et dîne avec mes nouveaux collègues, qui me demandent comment s'est déroulé mon premier cours. Ils sont sympathiques, pas trop blasés. Il y en a même deux parmi eux qui m'ont déjà enseigné. J'étais, selon eux, un étudiant modèle et extrêmement brillant. Je les soupçonne d'exagérer un tantinet.

Je travaille deux bonnes heures à mon bureau, puis téléphone à Paul. Après lui avoir assuré que le cours s'était bien déroulé, je lui demande s'il ne pourrait pas me trouver quelques nouvelles fantastiques traitant d'enfants.

— Des enfants ?

— C'est une thématique intéressante, non ? J'ai envie de la développer dans les prochains cours.

Ça va peut-être modifier un peu ton corpus de base, mais…

Paul émet son petit ricanement dingue.

— Te voilà mordu, Étienne, hein ? La passion du fantastique te tient déjà dans ses filets ! Dans ses filets ? Qu'est-ce que je raconte là : dans ses griffes !

Avec un sourire en coin, je lui dis que c'est ça, pour lui faire plaisir. Il me promet de trouver quelques titres d'ici deux ou trois jours et de me les apporter au cégep.

Comme mes parents voulaient absolument avoir des nouvelles après mon premier cours, je décide d'aller les voir à la maison. Évidemment, ils insistent pour que je reste à souper et je me laisse convaincre assez facilement. De telle sorte que lorsque je me mets en route vers Montréal, à vingt heures, je me sens bien, satisfait et presque heureux, au point que je songe à peine au grand appartement vide et déprimant qui m'attend.

En fait, je songe surtout à la remarque amusée de Paul, selon laquelle je serais maintenant un mordu du fantastique. Il y va évidemment un peu fort, mais je ne peux nier un intérêt certain de ma part. J'aurais pu me contenter de suivre prudemment le programme déjà préparé par Paul ; au lieu de quoi, je dirige le cours vers une thématique précise, que j'ai choisie moi-même. Pas mal pour un profane...

Il fait complètement noir. Dans moins de deux semaines, on va reculer l'heure et la nuit va tomber encore plus tôt, idée qui me donne le cafard. Je roule depuis une quinzaine de minutes lorsque je constate que mon réservoir d'essence est presque vide. Il va vraiment falloir que je m'habitue aux longues distances...

Je m'engage dans la première sortie qui s'offre à moi : Saint-Nazaire. J'ai toujours trouvé ridicule le nom de ce petit village. Saint-Nazaire. D'ailleurs, je n'y suis jamais allé. C'est peut-être très joli.

Je passe sur le viaduc par-dessus l'autoroute.

Saint-Nazaire.

Je me retrouve sur une longue route calme, éclairée par plusieurs réverbères. Le village doit être à quelques kilomètres.

Saint-Nazaire.

Décidément, ce nom ne me revient pas. On dirait un code renfermant une signification secrète que je devrais connaître mais qui m'échappe.

Devant moi, un clignotant rouge n'arrête pas de me faire des clins d'œil et m'annonce une intersection. Je m'y arrête. J'ai le choix de continuer tout droit ou de tourner à droite. Dans cette dernière direction, c'est la campagne complète, la noirceur absolue, sans une seule maison en vue. Bref, le mauvais choix pour quelqu'un qui cherche une station-service.

Pourtant, c'est dans cette direction que j'ai envie d'aller.

Je commence même à tourner lorsque j'appuie sur le frein. Qu'est-ce qui me prend ? Est-ce que je crois vraiment que je vais trouver une station-service sur ce rang de campagne ? Quelques fermes, tout au plus, et quelques vélos.

Quelques vélos ?

Un coup de klaxon derrière moi me fait sursauter. Une voiture s'impatiente. Nerveusement, j'appuie sur l'accélérateur et ma voiture continue le mouvement amorcé quelques secondes plus tôt : elle s'engage sur la route de droite.

Tout en roulant, je me traite d'idiot. Jamais je ne trouverai d'essence ici, c'est évident. Comme pour me donner raison, le spectacle qui défile de chaque côté de ma voiture se limite à la nuit, aux champs et, tiens ! une ferme, là, que je dépasse aussitôt. Aucune voiture ne croise la mienne. Et la route, devant, s'enfonce dans le néant.

Au bout d'une ou deux minutes, je pousse un soupir et immobilise ma voiture. Inutile de continuer à perdre mon temps ainsi. Aussi bien faire demi-tour et...

Un bruit métallique retentit faiblement. Je dresse l'oreille. Cela vient de l'extérieur. Problèmes de moteur ?

Je m'assure qu'aucune voiture ne vient derrière moi, ni devant, puis sors à l'extérieur. Je crois l'entendre encore une fois, mais cela vient de plus loin. Je pourrais laisser tomber en me disant que je n'ai rien à foutre de ce bruit. Pourtant, je veux savoir ce que c'est. J'arrête donc le moteur de ma voiture et retourne à l'extérieur.

Le vent est plutôt froid et un frisson me parcourt le corps. Mes phares projettent leur lumière sur une cinquantaine de mètres, puis ce sont les ténèbres totales. Engouffrantes. Et silencieuses. Car le bruit a disparu.

Je fais un demi-tour sur moi-même. Très très loin, un minuscule point rouge apparaît et disparaît sans cesse, pas plus gros qu'une tête d'épingle. Le clignotant de l'intersection.

Je regarde aux alentours, les mains sur les hanches. La campagne. La nuit. La route déserte. Et le silence. Plus de bruit métallique.

Mais qu'est-ce que je fous ici ?

En colère contre moi-même, j'ouvre la portière de ma voiture. Au même moment, le bruit revient, lointain. Je m'immobilise et écoute attentivement. C'est comme une mécanique régulière mais mal entretenue, un son que j'ai entendu dernièrement...

Tiketik-ketik-ketik...

Je fais quelques pas vers l'avant, me retrouve dans l'éclairage des phares. Le bruit me parvient encore, mais tellement loin. Je fixe la nuit devant moi, m'attendant à en voir surgir un… Un quoi, au juste ?

Le son disparaît graduellement. Retour au silence.

Bon sang ! Suis-je fatigué au point qu'un banal bruit pouvant provenir de n'importe quoi m'impressionne à ce point ? Je retourne dans ma voiture en maugréant, effectue un demi-tour rageur et imprudent et fais route à toute vitesse vers le clignotant. Je crois entendre le rire moqueur de Paul, dans ma tête : *Ça t'impressionne plus que tu le pensais, le fantastique, hein, mon Étienne ?* Je ricane en arrêtant ma voiture à l'intersection. C'est ça, Paul, c'est ça…

Je tourne à droite, vers le village, et allume ma radio.

◆

Je me couche vers vingt-deux heures. Et fais un rêve curieux.

Je marche dans un bois, par une belle journée ensoleillée. Les arbres, le petit sentier de terre battue sous mes pieds, tout cela m'est vaguement familier. Je marche sans but, sans même me demander ce que je cherche.

Quelque chose sur le sol. Parmi les herbes et les branches mortes, une couleuvre rampe entre mes pieds. Loin d'être dégoûté, je me penche pour l'attraper, quand un mouvement me fait lever la tête. Devant, au détour du sentier, un vélo apparaît, un vélo blanc d'enfant. Il roule sans conducteur, ce qui ne me surprend pas du tout. Il avance lentement, bien droit, accompagné du cliquetis de sa vieille chaîne.

… tiketik-ketik-ketik…

Il passe près de moi, puis disparaît dans un autre détour. Je me penche vers le sol, mais la couleuvre a évidemment disparu.

Un hurlement retentit, un hurlement d'enfant. Au loin, entre les arbres, je vois courir une petite silhouette toute noire, car la nuit tombe tout à coup à une vitesse vertigineuse. La petite silhouette fuit, hurlante, et moi, je lève la tête vers le ciel maintenant d'encre, duquel des couleuvres se mettent à tomber, sans hâte… Elles tombent par dizaines, par centaines, par milliers, tandis que le hurlement d'enfant devient vertigineux…

Je me réveille, non pas effrayé, mais perplexe. Mon réveil indique trois heures du matin. L'heure habituelle de mes angoisses nocturnes. Mais cette fois, je pense à peine à Manon. Mon rêve m'intrigue trop.

Toutefois, la fatigue est plus forte et je me rendors rapidement.

◆

Le lendemain, Louis m'appelle et me demande si je suis enfin libre pour la soirée. Je lui explique que désormais je coucherai à Drummondville tous les mardis soir, pour m'éviter de me lever trop tôt le mercredi matin. On se donne rendez-vous pour jeudi.

Je songe un moment à partir plus tôt pour pouvoir souper avec mes parents, mais je me botte le

derrière mentalement : allons ! Étienne, ça suffit !
Prends-toi en mains une fois pour toutes ! Je me
fais donc à manger tout seul chez moi, pour une
des premières fois depuis que Manon est partie, et
m'en sors assez bien. Pas de déprime, pas d'idées
noires. Ma mère, après tout, doit avoir raison : le seul
remède, c'est le temps. Banal, cliché, mais vrai.

À dix-neuf heures, je quitte Montréal et me
retrouve sur l'autoroute vingt. Je cherche un bon
poste de radio, en me disant que je devrais peut-
être m'acheter un lecteur-CD : au nombre d'heures
pendant lesquelles je vais rouler sur cette route
ennuyante, l'investissement serait profitable.

Je roule depuis une cinquantaine de minutes
lorsque, devant la sortie de Saint-Valérien, une
silhouette apparaît sous un réverbère, le bras tendu.
Un auto-stoppeur. En le dépassant, je lui jette un
bref coup d'œil : un gars avec un manteau rouge.
Peut-être une trentaine d'années, mais c'est difficile à dire à cette vitesse. Dans mon rétroviseur,
je le vois rapetisser, le pouce toujours tendu, au
milieu du halo lumineux du réverbère.

Je n'ai jamais fait de pouce de ma vie. Et je ne
crois pas avoir jamais fait monter d'auto-stoppeur
non plus. Peut-être que j'aurais dû m'arrêter pour
celui-là. La route aurait été moins fade. Quoiqu'il
me reste vingt minutes avant d'arriver…

Mes parents m'ont toujours conseillé de ne
jamais faire monter d'inconnus dans ma voiture.
«Certains peuvent être des voleurs ou des tueurs ! »
avait expliqué mon père.

Incroyable à quel point mes parents interviennent
encore dans ma vie… Et moi, au lieu de prendre de

la distance, je vais aller coucher chez eux une fois par semaine ! Belle indépendance !

Quand ils m'accueillent avec une joie démesurée, vingt minutes plus tard, je ne peux m'empêcher de sourire ironiquement.

— Tu ris de nous autres ou quoi ? demande ma mère.

— Non… De moi.

◆

À mon arrivée au cégep, à huit heures moins vingt, une agréable surprise m'attend sur mon bureau : une pile de photocopies, accompagnée d'une note : « Salut, le nouveau disciple de l'Étrange ! Voici quelques histoires mettant en scène des enfants assez… particuliers. Bonne lecture ! Et bons frissons ! »

Les photocopies sont celles de quatre nouvelles : *Miss Esperson*, d'August Derleth ; *Un bonbon pour une bonne petite*, de Robert Bloch ; *Les enfants du maïs*, de Stephen King (encore lui ? Paul doit être un fan…) et *Monsieur Ram*, de Jean Ray. Je me promets d'appeler Paul après mon cours pour le remercier.

Le contenu de mon cours d'aujourd'hui est le même que celui de lundi, mais comme il s'agit d'un groupe en Lettres, je peux me permettre d'aller un peu plus loin dans mon analyse. Le cours se déroule bien et durant le dîner, plus tard, je partage mon enthousiasme et ma satisfaction avec mes collègues. Marie-Hélène, la jeune enseignante de vingt-neuf ans, m'écoute avec attention et me sourit souvent. Dois-je y voir un signal quelconque ? Il y a peut-être là une piste à suivre… mais je ne suis pas convaincu d'avoir ni la tête ni le cœur à ça.

Je passe l'après-midi au département pour lire les nouvelles photocopiées par Paul…

◆

— … et je les ai vraiment aimées, Louis ! Quatre maudites bonnes histoires !

Assis devant moi, mon ami m'observe avec un sourire mi-surpris, mi-moqueur.

— Tu t'es pourtant jamais intéressé à ce genre de littérature…

— Je le sais, mais comme je donne un cours là-dessus, faut que j'en lise.

— Et tu aimes vraiment ça ?

— J'avoue que oui. Surtout la thématique que je suis en train de développer, les enfants dans le récit d'horreur. C'est vraiment… fascinant.

Il hausse les épaules, pas convaincu du tout. Il y a à peine dix personnes dans le bar et la musique est un rien trop forte. Louis, en prenant une gorgée de sa bière, laisse tomber :

— On est loin de la grande littérature…

Comme moi, il ne s'était jamais intéressé à ce genre littéraire. Il ne jure que par Camus, Gary, Steinbeck ou Ducharme. Je crois que c'est ce qui m'avait d'abord attiré chez lui, lorsqu'on s'était rencontrés il y a quatre ans, lors d'une conférence sur la littérature québécoise post-référendaire : un flic qui lit du Albert Camus ! Préjugés ou non, je me disais que ça ne courait sûrement pas les rues.

D'ailleurs, physiquement, Louis Bérard ressemblait plus à un intello qu'à un représentant des forces de l'ordre, avec ses membres frêles, ses cheveux courts et lisses peignés sur le côté et ses lunettes à la John Lennon. Impossible de l'imaginer en train de menotter un motard. Par contre, avec les femmes, le discret intello se transformait en dragueur non seulement audacieux, mais extrêmement efficace, ce qui dépassait mon entendement. Depuis longtemps, j'avais arrêté de compter ses conquêtes, qui ne dépassaient jamais le stade de l'amante de week-end.

— T'as des préjugés, Louis…

— Tu ne t'es jamais intéressé à ces histoires non plus, il me semble.

— Mais pas par mépris, que je me défends mollement. C'était juste de l'ignorance.

— C'est vrai qu'il y a des choses qu'on n'a pas avantage à ignorer, dit-il alors avec un petit geste du menton vers la gauche.

Je tourne la tête. Une jolie fille passe près de notre table. Louis l'admire quelques secondes, les yeux rivés sur son ventre plutôt sympathique.

— Ah ! Ces pantalons taille basse ! soupire Louis. La plus belle invention depuis l'imprimerie.

— Bon. Je sens que je vais devoir me passer de mon interlocuteur bientôt.

— Pourquoi ? Tu es revenu sur le marché, toi, non ? Tu réalises que ça va être la première fois depuis qu'on se connaît qu'on va sortir ensemble en célibataires ?

La compétition va être dure.

Je souris. La jolie fille sort des toilettes, retourne s'asseoir.

— Elle est seule. C'est un appel des dieux. Allez : qui va lui parler en premier ?

— Arrête, Louis, dis-je en ricanant.

— Comment, arrête ? Il faut être fou pour laisser un nombril pareil tout seul !

Il me considère un moment, remonte ses lunettes sur son nez et marmonne sur un ton de reproche :

— Si tu pensais un peu moins à Manon…

— Laisse faire Manon…

— Ça fait trois mois, quand même…

— Trois mois, c'est pas très long après six ans. À part de ça, je m'en sors bien mieux que tu l'imagines. Je travaille tellement que j'y pense très peu.

— Tant mieux.

— En plus, preuve que je ne suis pas devenu un moine tibétain, j'ai remarqué une enseignante au cégep, pas mal *cute*, et j'ai l'impression qu'elle me trouve de son goût.

Il secoue la tête en faisant la moue.

— Non, non, pas dans le milieu de travail. Elle va s'attacher, vouloir te parler tous les jours, te donner rendez-vous entre les cours…

Je l'observe un moment, indécis. Il se fout de ma gueule ou il est sérieux ? Impossible de savoir avec lui. Autre trait de sa personnalité qui m'a toujours plu.

— Pas de blagues, Louis, je suis en train de découvrir un univers vraiment intéressant. Je ne te dis pas que j'aimerais nécessairement tous les romans fantastiques, mais la thématique de l'enfance, c'est vraiment passionnant. Je pense que même toi, tu serais surpris.

Il fait la moue, toujours sceptique. Il n'arrête pas de reluquer Nombril.

Je termine ma bière et lui dis que je dois y aller.
J'enseigne à neuf heures demain matin et il est déjà
vingt-deux heures trente.

— Petite nature ! soupire-t-il.

— Tu oublies que j'ai soixante-dix minutes de
route à me taper ! Allez, je te laisse le champ libre
avec ta taille basse, là-bas…

— Tant pis pour toi. Je suis sûr qu'elle fantasme
sur toi depuis tout à l'heure…

On rigole. Deux vrais connards, comme tous les
grands amis.

◆

Mon cours de vendredi matin se déroule aussi
bien que les deux précédents et à treize heures
quinze, je roule vers Montréal, tout heureux de cette
première semaine qui, ma foi, a été parfaitement
réussie. Je crois que l'enseignement au cégep va
vraiment me plaire : le simple fait de ne plus avoir
à me préoccuper de discipline est déjà un avantage
extraordinaire. Je me mets à rêver à l'éventualité
d'avoir une tâche pleine cet hiver. Si c'est le cas,
vais-je déménager à Drummondville ? Je risque tellement de m'y ennuyer… mais jamais autant que
sur cette foutue autoroute vingt.

Je jette un œil morne sur le décor plat qui défile
devant moi. La sortie de Saint-Eugène apparaît devant… et sur l'accotement, un auto-stoppeur brandit
son pouce. Je le dépasse à toute vitesse et reconnais
le même gars que mardi soir. La dernière fois, il était
à la sortie de Saint-Valérien, non ? Peut-être voyage-
t-il d'un village à l'autre plusieurs fois par semaine…

Je reporte mon attention sur la route, longue, droite, fade... J'ouvre la radio, ne trouve aucune musique intéressante. Je soupire.

Je me dis alors, plus ou moins sérieusement, que si je revois cet auto-stoppeur, je le fais monter, ne serait-ce que pour amener un semblant de piquant sur cette route de l'ennui.

Mais cinq minutes plus tard, je ne pense plus au *pouceux*.

◆

La nuit suivante, je refais le même rêve étrange, mais avec quelques variantes plutôt macabres.

Je suis dans le même bois vaguement familier. Je marche lentement et à mes pieds glissent non pas une mais cinq couleuvres. Le soleil a disparu du ciel, mais il fait tout de même suffisamment clair pour que j'aperçoive le petit vélo blanc surgissant sur le sentier et avançant vers moi, toujours sans conducteur.

... tiketik-ketik-ketik...

Il finit par faire un tour complet sur lui-même, avant de s'affaisser sur le côté. Je m'approche et le relève. La chaîne a glissé du dérailleur. Automatiquement, dans un geste familier, je la prends entre mes doigts.

L'important, c'est de ne pas se salir les mains.

Entre mon index et mon pouce, je sens une substance humide. Je lâche la chaîne pour examiner ma main, m'attendant à y voir des marques d'huile.

Mes doigts sont tachés de sang frais.

À peine surpris, je reporte mon regard sur la chaîne tout à coup dégoulinante puis l'installe patiemment dans le dérailleur. Après quoi, je lève la roue arrière et commence à tourner la pédale. La chaîne se met en mouvement, de plus en plus vite, à un point tel que tout le sang dont elle est enduite vole en fines gouttelettes dans toutes les directions, arrosant copieusement ma main, mon corps, mon visage…

Et tandis que la chaîne tourne et tourne toujours, une silhouette enfantine apparaît entre les arbres, court en hurlant… et les couleuvres, grotesques, se remettent à pleuvoir du ciel…

Je me réveille, cette fois un rien inquiet.

Je sais bien que de gros changements de vie peuvent troubler notre subconscient, mais je n'arrive pas à établir le lien avec ces rêves absurdes et plutôt macabres. En fait, c'est faux, il y a un rapport, et assez évident en plus : je lis des histoires d'horreur pour la première fois de ma vie et je m'en tape une dizaine dès la première semaine. Mais je n'ai plus dix ans, tout de même, je ne devrais plus être si impressionnable. Et pourquoi des vélos ? Et des couleuvres ?

Je ne me rendors qu'au bout de longues minutes. Manon traverse furtivement mes pensées.

◆

Je sors avec Louis et un couple d'amis. Je m'amuse beaucoup et je flirte même un peu avec une certaine Nadia (à moins que ce ne soit Nadine ?), tandis que Louis s'occupe de sa copine France. À deux heures du matin, les deux allumeuses nous laissent tomber, mais j'avoue que cela me soulage presque : l'idée de coucher avec une nouvelle fille, après six ans de fidélité à Manon, me faisait paniquer un peu. Je me retrouve dans mon lit tout de même satisfait : si je commence à m'intéresser aux gentes dames, c'est sûrement bon signe, non ?

C'est donc avec bonne humeur que je rencontre pour la seconde fois mon groupe du lundi matin. Je leur distribue les photocopies des quatre nouvelles prêtées par Paul et nous lisons ensemble *Un bonbon pour une bonne petite* de Robert Bloch. Ça raconte l'histoire d'une fillette qui, à l'aide d'une poupée vaudou, fait souffrir son père et finalement le tue. Les étudiants semblent apprécier et durant tout le cours, nous en analysons différents aspects. L'écriture est assez pauvre (surtout qu'il s'agit d'une traduction), mais les thèmes sont riches.

— Pour la semaine prochaine, que j'annonce à la fin, je veux que vous lisiez la seconde histoire, *Miss Esperson*. Vous m'en faites une analyse, de la même façon que nous venons de le faire avec la nouvelle de Bloch. En cinq cents mots. À la semaine prochaine.

Avant de retourner à Montréal, je passe à la bibliothèque et repars avec deux livres de nouvelles fantastiques. J'anticipe déjà avec excitation ma soirée de lecture.

◆

Le lendemain, je quitte Montréal vers dix-neuf heures, comme mardi dernier. Tandis que je roule sur l'autoroute, je me remémore les huit ou neuf nouvelles que j'ai lues hier soir. Elles traitaient de vampires, de maisons hantées, de monstres inconnus, de fantômes, de maléfices… et tout cela m'a plutôt ennuyé.

De toute évidence, ce n'est pas le fantastique proprement dit qui me passionne, mais la thématique de l'enfance. Et tout en fixant la route devant moi, je crois en trouver la raison : l'enfance me fascine parce que je n'ai aucun souvenir de la mienne. Mes parents m'ont expliqué qu'à huit ans mon père a ouvert par mégarde la porte de la voiture sur ma tête. Je suis même resté quelques jours à l'hôpital. J'en suis sorti indemne physiquement, mais avec une complète amnésie. Pas sur le moment, mais peu à peu, les événements datant d'avant mon accident se sont mis à disparaître de ma mémoire, jusqu'au souvenir de l'accident lui-même. Aujourd'hui, ma plus lointaine réminiscence est ce Noël où j'avais reçu la collection complète d'Astérix. J'avais neuf ans depuis deux mois. C'est devenu une sorte de *running gag* dans ma famille : maintenant, si j'oublie quelque chose d'insignifiant, j'en accuse mon père, ce qui fait bien rigoler ma mère.

Mais même cette explication ne me satisfait pas. Je suis convaincu qu'il y a autre chose derrière ce curieux intérêt pour ce genre d'histoires…

Dix-neuf heures cinquante. La musique de CHOM hurle dans les haut-parleurs. Au loin, éclairée par les réverbères, la sortie de Saint-Valérien apparaît… ainsi que l'auto-stoppeur de la semaine dernière. Car avant même de le voir distinctement, je devine que c'est lui. Je pense avec amusement que si nous continuons tous deux à suivre exactement le même horaire, je risque de le voir ainsi tous les mardis soir et tous les vendredis après-midi.

D'ailleurs, ne m'étais-je pas dit, la dernière fois, que je le prendrais avec moi si je le revoyais?

J'hésite une seconde, alors que sa silhouette grossit de plus en plus. Et pourquoi pas? J'entends soudain la voix de mes parents qui me conseillent de ne jamais faire monter un auto-stoppeur... et cette pensée suffit à me décider d'arrêter sur l'accotement, à une trentaine de mètres du *pouceux*.

Dans le rétroviseur, je vois le gars se mettre en marche vers ma voiture, sortir du halo de lumière, puis devenir vague dans le noir. Une voiture qui approche derrière lui le mitraille de ses phares et pendant quelques secondes, sa silhouette se découpe à contre-jour de façon plutôt impressionnante, telle une entité mystérieuse émergeant des ténèbres. Je me dis même tout à coup que j'ai fait une erreur, que je devrais partir tout de suite... Mais aussitôt qu'il ouvre la portière et qu'il penche son visage souriant vers l'intérieur, cette idée ridicule s'évapore comme neige au soleil.

— Merci!

— Pas de quoi, dis-je en souriant à mon tour.

Il s'assoit et, tandis que je reprends la route, me dit :

— Je vais pas tellement loin.

Cheveux frisés noirs et courts; peut-être un peu plus grand que moi. Finalement, je lui donne moins de trente ans. Plutôt mon âge.

— À Saint-Eugène? que je propose.

Il me dévisage avec un étonnement comique. Ses yeux sont grands et noirs, d'un noir très profond.

— Comment tu sais ça ?

Fier de mon petit effet, je lui explique. Il sourit, amusé à son tour, et je remarque un reflet métallique sur ses dents. Des broches. Elles détonnent curieusement dans ce visage harmonieux et lisse.

— Pas pire. D'autres petites déductions comme ça ?

Le ton est relax, sans gêne. Ça me plaît. Je lui expose donc ma théorie : tous les mardis soir, il va à Saint-Eugène, et il revient à Saint-Valérien le vendredi après-midi.

— Les endroits sont bons, mais pas l'horaire. Je fais cet aller-retour tous les jours.

Il demeure à Saint-Eugène et travaille à Saint-Valérien, à la quincaillerie de son oncle, juste à l'entrée du village. Au rayon de la peinture. Il a commencé il y a un mois.

— Tu voyages sur le pouce tout le temps ? que je m'étonne.

— Pas le choix, je travaille tous les jours. Neuf à six du lundi au mercredi, pis de deux à neuf les jeudis et vendredis. Les trois premiers soirs, je prends le temps de souper à Saint-Valérien, pis après je marche jusqu'à la vingt.

— Tu n'arrives jamais en retard au travail ?

— Non. Le monde est fin, ils m'embarquent vite. Le plus longtemps que j'ai attendu, c'est une demi-heure, pis c'est ben rare.

— Ça serait pas plus simple d'acheter une voiture ?

Il ne répond pas tout de suite et je tourne les yeux vers lui. Il se gratte la tête, un peu embêté. Il finit par m'expliquer qu'il n'a pas travaillé pendant deux ans, donc côté finances, c'est pas la joie. Mais il hésite toujours, comme s'il y avait autre chose. Tout en regardant distraitement dehors, il lâche :

— Pis j'ai aussi un problème avec les véhicules. Avec le fait de conduire, je veux dire.

Je ne saisis pas trop. Il tourne la tête vers moi, avec un sourire entendu.

— Disons que je suis plus un passager qu'un conducteur.

Je crois enfin comprendre : il a perdu son permis. Je n'insiste pas, un peu mal à l'aise. Mais lui ajoute :

— C'est peut-être pour ça que je suis un si bon guide.

— Tu veux dire : guider le monde pour aller quelque part ?

— Pour guider.

Il ne précise pas, regardant la route devant lui avec le même sourire tranquille. J'en suis encore à me demander ce qu'il entend par son idée de guider lorsqu'il me demande :

— Pis toi, tu vas où, heu… heu…

— Étienne.

— Tu vas où, Étienne ?

— À Drummondville.

Je lui explique ma situation et il éclate de rire, de façon très naturelle, très communicative.

— Faire Montréal-Drummond trois fois par semaine, c'est pas mieux que de faire Saint-Eugène-Saint-Valérien sur le pouce, me semble !

Il se moque de moi, mais gentiment. Oui, vraiment, le gars m'est tout à fait sympathique. Je me félicite de l'avoir fait monter. Je joue donc le jeu et me défends sur le même ton : je ne le fais que trois jours par semaine, pas tous les jours.

— Ça te prend combien de temps, Drummond-Montréal ?

— Hmmm… Une heure et dix…

— Ça me prend moins de temps que ça ! triomphe-t-il. Quinze minutes pour me rendre à la sortie de Saint-Eugène ; dix minutes de pouce, parfois moins ; dix minutes de route ; pis un autre quinze minutes à pied pour me rendre au magasin de mon oncle. Cinquante minutes ! Pis pas une cenne de gaz.

Et que fait-il du confort ? La pluie, le froid ? Il touche son gros anorak et affirme qu'il peut affronter une tempête avec une telle protection.

— Pis toi, à quarante ans, tu vas être obèse ! Moi, je vais être en pleine forme !

Je souris toujours, tout en cherchant un autre argument.

— Il y a le danger ! que je lance enfin.

— Le danger ?

— Le danger qu'un malade mental t'embarque et te tranche la gorge pour voler ton portefeuille.

— C'est vrai… Mais ça peut être l'inverse aussi, non ?

Sa voix est devenue si sérieuse que je tourne la tête vers lui, incertain. Le gars me regarde intensément et ses yeux noirs ressemblent soudain à deux pierres d'ébène. Pendant un instant, les conseils de mes parents me traversent la cervelle, mais mon passager me fait alors un clin d'œil avant d'éclater de son gros rire franc. Je reviens à la route en ricanant. Je suis vraiment idiot.

— De toute façon, je vais déménager à Saint-Valérien en décembre.

— Ça va simplifier les choses, j'imagine.

Un court silence, mais pas inconfortable, sans malaise. Juste une petite pause normale dans une discussion tout à fait agréable. Il me demande au bout d'une minute ce que j'enseigne à Drummondville et je lui explique. Je lui parle de mes cours, sans entrer dans les détails pour ne pas l'emmerder. Il m'écoute attentivement, non pas par politesse mais par réel intérêt ; c'est du moins l'impression qu'il me donne.

— C'est pas autant le fantastique qui me passionne dans ces histoires que le thème de l'enfance traité dans certaines d'entre elles...

— Je comprends.

Je crois qu'il va élaborer ce commentaire, mais non, il se tait. Après une courte pause, il me demande si je connaissais Drummondville avant d'y travailler. Il pose beaucoup de questions, mais ça ne m'embête pas du tout. J'y sens une saine curiosité pour les gens, et non pas une manière de boucher les trous.

— Pas à peu près ! J'y ai passé les vingt premières années de ma vie !

— Pour vrai ? J'ai déjà resté là, moi aussi ! Pas longtemps, juste quelques années...

— Le monde est petit.

Du coin de l'œil, je vois qu'il réfléchit.

— Étienne comment, ton nom ?

— Séguin.

Il ne dit rien. Il me regarde intensément, tout à coup, toujours avec cet air songeur.

— Et toi, tu t'appelles comment ? que je demande.

— Attention, tu vas dépasser ma sortie !

Effectivement, Saint-Eugène est tout près. Les deux villages sont encore plus rapprochés que je ne le croyais. Lorsque je m'arrête, il soupire de satisfaction et me serre la main en me remerciant. Dehors, il se penche dans la voiture une dernière fois et me lance :

— Salut, Étienne Séguin.

Il insiste sur mon nom, m'observe quelques secondes, puis referme la portière. Une fois sur la route, je regarde dans mon rétroviseur : je vois mon *pouceux* s'engager à pied dans la sortie de Saint-Eugène, éclairé par les lampadaires. Je me félicite de l'avoir fait monter. Un peu énigmatique, avec son rire tonitruant et son regard parfois insistant, mais tout à fait sympathique. Il y a en lui quelque chose d'amical, de presque familier, qui me donnait vraiment envie de lui parler et de me confier… Il y a des gens, comme ça, qui semblent attirer tout le monde.

Mais inutile d'en parler à mes parents : je m'épargnerai ainsi un discours moralisateur dont je peux très bien me passer.

Tandis que la sortie du centre-ville de Drummondville apparaît au loin, je réalise que je n'ai jamais su le nom de mon passager.

◆

Vendredi après-midi, autoroute vingt, direction Montréal. Pour ajouter à la gaieté du trajet, une pluie froide délave le morne paysage.

À la hauteur de Saint-Eugène, je vois mon autostoppeur, toujours aussi immobile, le pouce levé à la hauteur des hanches. Seule différence : il a rabattu son capuchon sur sa tête. Je consulte ma montre : treize heures vingt, comme la semaine dernière. C'est vrai qu'il est ponctuel. Moi aussi, d'ailleurs. Est-ce qu'inconsciemment je ne cherchais pas à le revoir ?

Déjà content à l'idée de lui parler pendant les dix prochaines minutes, je m'arrête sur l'accotement. Lorsqu'il s'assoit à mes côtés, tout trempé, il me lance un regard surpris et amusé.

— Tiens, tiens… Il me semble que je t'ai déjà vu, toi ? qu'il me lance en enlevant son capuchon.

Je lui tends la main.

— C'est drôle, j'ai la même impression.

Il me serre la pince en souriant, de bonne humeur, comme s'il était vraiment heureux de tomber sur moi, et j'avoue que je me sens bêtement flatté.

Je retourne sur la route. Mon passager abaisse son capuchon en soupirant. Il se plaint quelques instants de la pluie froide automnale, mais je vois que cela ne le contrarie pas vraiment. En fait, il me donne l'impression de posséder un moral à toute épreuve.

— Merci de me donner un *lift* pour la deuxième fois, Étienne.

Il se souvient de mon nom. J'en profite pour lui demander le sien.

— C'est vrai, je te l'ai pas dit…

Un court silence, puis je l'entends prononcer :

— Alex. Alex Salvail.

J'ai alors l'impression qu'il me regarde et je tourne la tête. Effectivement, Alex m'observe attentivement, le visage calme mais le regard particulièrement pénétrant.

— Ça te dit quelque chose ? me demande-t-il.

— Non… Ça devrait ?

— Je pense que oui…

Je réfléchis en fixant la route. Alex Salvail…
Ce nom ne provoque-t-il pas un vague écho dans
ma mémoire ? Ou bien est-ce que je veux tout simplement me convaincre qu'il ne m'est pas inconnu ?

— Non… Non, je ne vois pas…

— C'est le pouceux que t'as embarqué mardi
passé…

Et il éclate de son rire assourdissant, déroutant
mais sincère. Je reviens à la route, amusé.

On discute de choses banales pendant une ou
deux minutes, puis il en vient à mon enseignement :

— Ton cours de littérature d'horreur, là…

— Littérature fantastique.

— Ouais, fantastique. Tes étudiants aiment ça ?

Je lui explique que de jeunes étudiants de dix-sept
ans ne sont jamais réputés pour leur déferlement
d'enthousiasme, mais qu'ils ont l'air d'apprécier,
surtout mon groupe en lettres, le mercredi matin.

— Ça t'intéresse, Alex, la littérature fantastique ?

— Moi ?

Il renifle, essuie son nez avec un mouchoir.

— Je lis pas vraiment. Je suis pas très intellectuel… Mais j'imagine que ça doit être intéressant.

— Ça l'est beaucoup.

— L'autre jour, tu m'expliquais que tu t'attardais
surtout sur, heu… les enfants, je pense ?

J'approuve et, de nouveau, lui explique à quel
point je trouve cette thématique riche. Il me demande pourquoi. Je le sens attentif, intéressé. Vraiment, je n'ai jamais eu tant de facilité à parler avec
quelqu'un que je connais si peu.

— Le contraste entre l'innocence et l'horreur, que je réponds. J'essaie de montrer à mes étudiants comment cette contradiction est fascinante.

— L'innocence ?

— Oui. L'enfant, c'est le symbole même de l'innocence.

— Vraiment ?

Il dit ça d'un ton dubitatif. Je le regarde rapidement. Il me considère avec son air ironique et, tout à coup, un nouvel écho plane dans mon crâne, non pas provoqué par son nom mais par son visage, par cette expression moqueuse.

— Tu penses vraiment que les enfants représentent l'innocence ?

Je lui réponds que oui. L'enfant n'est-il pas une forme d'idéal pur, avant la corruption de l'âge adulte ?

— Non, je suis pas d'accord.

Il dit cela doucement, mais avec une telle assurance que je ne trouve rien à répliquer.

— Les enfants sont cruels, Étienne. Ben cruels.

L'argument ne m'apparaît pas très convaincant. Évidemment, les jeunes sont égoïstes, belliqueux, compétitifs, mais tout ça est tout de même assez inoffensif, non ?

— Je parle pas de ça. Je parle de vraie cruauté.

J'attends la suite. Toute trace de raillerie a disparu de la voix d'Alex, maintenant plus sérieux.

— Les enfants sont curieux de nature, pis certains sont prêts à aller ben loin pour satisfaire leur curiosité. Qu'est-ce que tu penses qui est le plus fascinant pour un enfant ?

Je fixe la route comme si une réponse allait surgir au milieu de la chaussée. Étrange situation. Alors

que c'est moi le professeur, j'ai l'impression que
c'est Alex qui me donne un cours. Cela me vexe
un peu et je cherche une réponse intelligente.

— La mort ?

Il émet un gloussement quelque peu condescend-
ant, et cela me déplaît. Pourtant, je veux poursuivre
cette conversation, même si elle doit égratigner mon
orgueil de prof.

— Pas la mort, que je l'entends me répondre.
Ça, c'est l'obsession des adultes.

Courte pause, puis il poursuit :

— La plus grande source de curiosité des enfants,
c'est le mal. Ils en entendent parler tout le temps.

Sa voix change, devient soudain nasillarde, cari-
caturée. Je comprends qu'il imite le prototype du
parent contrôlant :

— « Touche pas ça, c'est mal ! Va pas là, tu vas
te faire mal ! Dis pas ça, c'est pas bien, c'est mal !
Fais pas de mal à tes amis ! Lui, c'est un méchant
monsieur, il fait toujours du *mal* ! »

Je ricane, amusé par l'imitation. Je l'entends
poursuivre de sa voix normale :

— Dire à un enfant que quelque chose est mal,
c'est le meilleur moyen pour éveiller sa curiosité.

— Tout le monde sait ça, fais-je remarquer.

— Oui, mais tout le monde le fait pareil. Pis si
l'enfant décide d'essayer quelque chose d'interdit
pour *justement* voir ce qu'il y a de mal là-d'dans…

Il renifle, sort son mouchoir.

— … c'est là qu'il peut devenir cruel.

Il se mouche. Pas con, son idée. Alex n'est
peut-être pas un intellectuel, mais il réfléchit, même
si sa théorie est une généralité… disons… plus
intuitive que scientifique.

— Mais la plupart des enfants ne se rendent pas très loin dans la cruauté, que je me sens obligé de préciser. Leurs petites expériences s'arrêtent au stade du démembrement d'une mouche, ce qui n'est vraiment pas alarmant.

— Oui, c'est vrai pour la plupart des enfants. Mais c'est pas eux qui décident d'arrêter. C'est le monde autour, les adultes, la société qui finit par prendre ces enfants-là en main, en leur disant qu'il faut arrêter ces petits jeux cruels et devenir responsable. Pis les enfants, en interrompant leur exploration du mal, deviennent peu à peu des adultes sages et conformistes.

Alors là, il y va fort ! J'ouvre même la bouche pour le lui dire, mais il continue sur sa lancée :

— C'est pour ça qu'on pense que les enfants sont purs. Parce qu'ils ont pas le temps de se rendre loin dans leurs jeux cruels. Pis ces histoires d'horreur que t'aimes tant, ça parle d'enfants qui, eux, se rendent plus loin que les autres.

Je lui demande s'il est sérieux, s'il pense vraiment tout ce qu'il vient de dire. Il m'assure que oui.

— Pis je vais même te dire quelque chose d'autre…

J'entends le cuir de la banquette craquer, comme si mon interlocuteur changeait de position, et lorsqu'il se remet à parler, sa voix me semble plus proche.

— Je pense que les psychopathes, les maniaques, les tueurs en série, ce sont des adultes qui retrouvent leur curiosité d'enfance. Maintenant qu'ils ont plus de parents pour les en empêcher, ils reprennent leurs petits jeux là où ils les avaient laissés… pis ils vont plus loin.

Je voudrais éclater de rire tant cette idée me paraît extravagante, mais aucun son ne sort de ma bouche. Alex ajoute :

— Les enfants dans les histoires d'horreur fascinent les gens parce qu'ils nous rappellent ce qu'on a déjà été... Ou, plutôt, ce qu'on aurait *pu* être...

Je n'ai plus envie de rire et je tourne la tête vers Alex, légèrement troublé. Mais quand je le vois avec son large sourire, les mains croisées sur les genoux, le regard joyeux, tout malaise me quitte instantanément.

— Qu'est-ce que t'en penses? me demande-t-il fièrement.

— J'en pense que c'est toi qui devrais donner mon cours, tu rendrais les étudiants malades de peur.

Il se marre et son rire tonitruant fait plaisir à entendre. Il m'assure qu'il serait un très mauvais prof : trop brouillon, trop désorganisé, trop impatient.

— Et tu n'as jamais lu de livres fantastiques? que je m'étonne. Après tout ce que tu viens de me dire, c'est dur à croire.

— J'ai vu quelques films d'horreur qui mettaient en vedette des enfants.

Puis, après une pause, il s'excuse d'avoir été si loquace. Peut-être a-t-il eu l'air prétentieux. Je l'assure que non et je suis sincère : je ne lui tiens plus du tout rigueur de son petit air supérieur de tout à l'heure.

— Je vais peut-être même me servir dans mon cours d'une ou deux choses que tu as dites.

Ces paroles m'étonnent. Est-ce que je le pense vraiment? Ai-je vraiment l'intention d'utiliser les

théories intéressantes, certes, mais quelque peu far-
felues, de mon passager ? Lui-même, comme s'il
était conscient de ma propre exagération, s'oppose
en disant qu'il n'y a rien de très rigoureux dans tout
ça, que ce ne sont que des opinions personnelles.

Deux minutes plus tard, je m'arrête près de la
sortie de Saint-Valérien.

— Encore merci, Étienne ! On dirait presque que
t'es mon chauffeur !

Cette remarque me donne une idée que je saisis
au vol sans prendre le temps de l'examiner. Si Alex
le désire, on peut poursuivre ce petit rituel deux
fois par semaine, tous les mardis soir et tous les
vendredis après-midi. Pour autant que nous soyons
toujours aussi ponctuels. Mais pas question de
nous attendre : si une voiture le prend avant que je
passe, il monte. De mon côté, si je passe et qu'il
n'est pas au rendez-vous, je continue. Alex se caresse
le menton, manifestement intéressé.

— Je te préviens : je suis très ponctuel.

— Moi aussi.

Nous nous serrons la main, ravis tous les deux.
Il y a de la chaleur dans cette poigne, et Alex sourit,
ses dents recouvertes de broches incongrues. Il
ouvre la portière. La pluie a cessé.

— Donc… à mardi soir ?

— C'est ça !

Alors qu'il est dehors, il se penche vers moi et
me dit :

— Juste pour finir notre petite discussion sur la
cruauté des enfants… Pense à ta propre enfance.
Qu'est-ce qui te rendait curieux, toi, quand t'avais
sept ou huit ans ?

Il lève son index droit et va se le mettre sur le front.

— À quel moment les adultes sont intervenus pour arrêter tes jeux ?

Son index quitte alors sa tête, traverse la courte distance entre nous deux et vient se placer sur mon propre front. Je suis trop étonné pour réagir. Et au moment où son doigt entre en contact avec moi, l'écho de tout à l'heure revient avec plus de force. Alex me fixe de ses yeux noirs et intenses.

— Essaie de te rappeler.

Son doigt quitte mon front et l'écho disparaît aussitôt. Il me fait un petit salut de la main, souriant, puis ferme la portière. Perplexe, j'agite distraitement la main dans sa direction, puis reprends la route.

Cette sorte d'écho qui a remué mes souvenirs me laisse songeur. Il a été particulièrement fort lorsque Alex a mis son doigt sur mon front. Aurais-je déjà vu ce gars avant ?

Drôle de type... mais intéressant et de bonne compagnie. Jamais je n'ai sympathisé si vite avec quelqu'un. Pourtant, nous n'avons pas grand-chose en commun. Il a manifestement peu d'éducation, ne lit pas, travaille dans une quincaillerie...

De nouveau, je me demande si je ne l'ai pas déjà rencontré. Cela expliquerait en tout cas la rapidité avec laquelle nous nous sommes plu. D'ailleurs, lui-même m'a examiné quelques fois comme s'il tentait de se souvenir...

Après tout, s'il a déjà habité à Drummondville, il y a bien des chances qu'on se soit déjà croisés dans un emploi d'été ou dans un party chez un ami commun... J'allais éclaircir tout ça au moment de notre prochaine rencontre.

Puis, la dernière suggestion d'Alex me revient à l'esprit : me rappeler mes propres jeux d'enfance, lorsque j'avais sept ou huit ans. Je soupire derrière mon volant. Mission difficile quand nos huit premières années de vie ont été rayées de notre caboche. Cette amnésie de l'enfance m'avait toujours apporté quelques désagréments, mais ce soir je la trouve tout à coup particulièrement handicapante.

Curieusement, pour la première fois depuis trois jours, je repense à Manon.

Je m'empresse de remettre la musique à fond.

◆

La nuit suivante, autre rêve insolite.

Je suis dans le même bois, mais cette fois je conduis le vélo blanc qui, malgré sa petite taille, ne pose aucun problème à mes longues jambes. Je roule sur le sentier de terre battue, qui avance en ligne droite entre deux rangées d'arbres sombres. Moi qui n'ai à peu près jamais conduit de bicyclette de ma vie, je ne m'étonne pas du tout de me retrouver sur celle-ci. Cela me semble même tout à fait normal, tout à fait habituel, et même très amusant.

Il y a du mouvement sur le sentier, comme si la terre bougeait, suintait. Ce sont des couleuvres, des dizaines de couleuvres qui tentent tant bien que mal d'éviter mes roues.

Devant, une silhouette apparaît dans la nuit naissante. Une main surgit de son manteau rouge, à la hauteur des hanches, le pouce brandi. Je commence à pédaler moins vite.

La silhouette, de plus en plus près, ne bouge pas d'un millimètre. Son visage est camouflé dans l'ombre, mais je sais qu'il est tourné vers moi. Une couleuvre s'enroule autour de sa jambe, puis grimpe lentement jusqu'à sa cuisse. L'auto-stoppeur n'a aucun mouvement pour chasser le reptile. Le pouce tendu, il attend. M'attend. Attend que je le fasse monter. Comme si…

Comme si…

… comme si comme si comme si comme si…

Je me réveille.

Agacé, je saute en bas de mon lit et vais me vider la vessie, tout en dévisageant mon reflet dans le miroir. Je commence à en avoir assez de ces rêves stupides. Un bois, des vélos, des couleuvres… et maintenant Alex Salvail qui s'en mêle ! Qu'est-ce qu'il vient foutre dans mes rêves, celui-là ?

Je le connais. J'en suis maintenant convaincu.

Je me recouche. J'ai hâte de tirer cette histoire au clair mardi soir prochain.

◆

Il reste vingt minutes à la dernière période et je suis passé à travers tout le contenu du cours d'aujourd'hui. Je pense pendant une seconde à les laisser partir plus tôt, mais tout à coup j'ai la stupéfaction de m'entendre leur demander :

— On va finir avec un petit exercice assez amusant. Essayez de vous rappeler si, pendant votre enfance, vous vous livriez à des petits jeux cruels.

La question semble les désarçonner quelque peu et moi-même, pendant une seconde, je regrette de l'avoir posée. Mais comme je me suis lancé, j'explique donc plus clairement :

— Si les histoires fantastiques avec des enfants nous troublent tant, ce n'est pas juste à cause du contraste avec leur innocence. Peut-être est-ce parce que nous-mêmes, à sept ou huit ans, possédions une certaine dose de cruauté en nous, ou du moins une curiosité pour cette cruauté. Comme dans l'histoire que vous venez d'analyser, *Miss Esperson*. Ce n'est pas l'enfant qui est le meurtrier, dans cette histoire, c'est une femme. Sauf que l'enfant est fasciné par cette femme morbide et cette fascination devient pour lui un jeu.

Tous les étudiants m'écoutent attentivement. Encouragé, je continue :

— Est-ce que vous n'avez pas des souvenirs, vous-mêmes, d'une certaine curiosité morbide qui vous habitait ?

Comme chaque fois que je pose une question, il y a un long moment de flottement. Je me dis que, comme d'habitude, c'est soit Frédéric, soit Amélie, soit Karine qui va répondre... mais cette fois c'est un grand maigre assis au fond de la classe, dont je ne sais même pas le nom, qui brise la glace. Avec l'air de quelqu'un qui prévoit son effet, il lance d'une voix molle :

— Moi, quand j'avais huit ou neuf ans, je brûlais des abeilles avec une loupe.

Ricanements, ainsi que quelques grimaces, surtout de la part des filles. Quelques-uns approuvent de la tête, signifiant ainsi qu'ils ont déjà fait la même chose. Je demande à l'étudiant pourquoi il faisait ça, en même temps que je me demande, à

moi, où je m'en vais avec cet exercice. Le jeune
hausse les épaules.

— Je sais pas trop. Je me demandais si, genre,
les abeilles souffraient, quand je leur faisais ça.

Il rigole.

— Pis tes parents ? que je demande.

— Eux autres, ils aimaient pas ça pantoute que
je fasse ça ! Mais justement, ça…

Il s'arrête, les sourcils froncés, comme s'il pensait à cela pour la première fois depuis longtemps.
Tout le monde est suspendu à ses lèvres.

— Le fait que ce soit mal, je pense que… je pense
que c'est ça qui me poussait à le faire… genre…

Je hoche la tête doucement et pendant une seconde, le visage d'Alex apparaît dans mon esprit,
avec son sourire plein de broches et son regard noir.
S'il me voyait en ce moment, il se marrerait bien,
tiens !

— Moi pis mes chums, on enlevait les ailes aux
mouches, fait alors un autre étudiant.

— Moi, j'arrachais les pattes aux araignées,
renchérit une fille. Une par une, tac, tac, tac !

La classe entière rit. Tout à coup, la moitié des
étudiants veut parler, surtout les garçons. En dix
minutes, le catalogue des cruautés enfantines s'ouvre
devant moi et je les écoute en souriant, amusé et
étonné. Tous rient tandis qu'ils en parlent, comme
s'ils étaient vraiment redevenus des gamins, et soudain une question saugrenue me traverse l'esprit.

Est-ce que certains d'entre eux auraient poussé
leurs petits jeux plus loin si les adultes n'étaient
pas intervenus ?

Ridicule ! C'est la théorie d'Alex, ça ! Trop far-
felue pour…

— Pis toi, Étienne ? me demande soudain Karine. Qu'est-ce que tu faisais quand t'étais petit ?

Vingt-cinq paires d'yeux se tournent avec avidité vers moi. Rien de plus palpitant pour un étudiant qu'un prof qui va parler de son vécu. Je me sens vraiment pris au dépourvu. J'aurais dû prévoir que la question se retournerait contre moi.

— Moi ? Mon Dieu, ça va vous paraître idiot, mais… je ne m'en souviens pas.

Un brouhaha de protestations et de rires éclate dans la classe. Ils sont vraiment excités, je ne les ai jamais vus comme ça.

— Je vous jure que je ne me souviens pas, je… je ne me rappelle pas mon enfance. C'est à cause d'un stupide accident que j'ai eu, un peu avant neuf ans…

Cette fois, je sens de la désapprobation. Non seulement ils ne me croient toujours pas, mais ils commencent même à m'en vouloir. Je m'esquive, je ne joue pas le jeu contrairement à eux, et ils prennent cela pour du mépris de ma part. Je commence à angoisser. Je ne veux pas perdre cette belle énergie qui règne depuis quinze minutes. Et je ne veux surtout pas perdre leur confiance pour le reste du trimestre. Nerveusement, je m'efforce d'inventer quelque chose, n'importe quoi, et je finis par lancer :

— Ah, oui ! Ça me revient : des couleuvres ! Mes amis et moi, on torturait des couleuvres !

Ils se taisent un millionième de seconde, bouches bées, puis explosent en exclamations ravies. Je souris bêtement, assis sur le coin de mon bureau, effroyablement soulagé.

Où donc ai-je pêché cette histoire de couleuvre ? Au moins, mes stupides rêves m'auront servi à me tirer du pétrin…

— Oui, oui, moi aussi, je faisais ça ! approuve un étudiant. Moi, je leur coupais la moitié du corps ! Pour voir si elles pouvaient encore ramper.

— C'est ça, que j'ajoute en ayant l'air le plus naturel possible. On faisait la même chose.

Ils éclatent tous de rire, enchantés par cette vision de leur professeur en train de couper des couleuvres en deux. Avant qu'ils ne se rendent compte de mon subterfuge, je conclus en leur expliquant leur devoir pour le prochain cours, puis leur souhaite une bonne semaine. Ils sortent en discutant entre eux, très allumés, et presque tous me saluent avec enthousiasme, même ceux qui ne m'avaient encore jamais adressé un mot.

Je monte au département. Je ne sais pas si ce genre de cours est bien formateur du point de vue des connaissances, mais en tout cas il vient de faire avancer ma cote de popularité d'un bond spectaculaire. Et je dois ça à Alex…

Torturer des couleuvres… Quelle idée !

Je croise alors Marie-Hélène, qui me gratifie d'un magnifique sourire. Elle m'en fait beaucoup, de ces sourires, depuis quelque temps… Peut-être devrais-je réagir, non ?

De très bonne humeur, je tourne les talons, rattrape ma collègue et l'invite à dîner.

Elle accepte avec enthousiasme.

◆

Louis a aussi invité Michel, un ami commun, et nous prenons une bière tous les trois, au salon. Louis nous raconte que samedi, il a oublié de reculer

l'heure et qu'à cause de cela il est arrivé une heure
d'avance au poste. Puis, Michel me demande comment je vais et je comprends qu'il parle de ma vie
sentimentale. Je leur raconte avec fierté que j'ai
dîné avec une jolie collègue ce midi. Louis me
demande si je l'ai baisé sauvagement sur la table
du restaurant et je le traite d'imbécile, ce qui lui
fait rudement plaisir.

Michel nous quitte assez tôt. Une fois seuls,
Louis et moi parlons un peu boulot. Il me dit qu'il
doit partir à New York, vendredi, pour un congrès
de flics qui va durer une semaine, et qu'il va faire
l'impossible pour dénicher Woody Allen dans
les rues de Manhattan. Puis, il me demande plus
sérieusement :

— Manon devient donc de plus en plus un souvenir ?

— Un souvenir, non… Mais disons que depuis
une semaine je n'ai eu aucune crise d'angoisse et…
ça fait du bien.

Louis s'enfonce avec satisfaction encore plus
profondément dans son fauteuil, manifestement
très content pour moi. Pendant quelques instants,
nous écoutons la musique de Boris Vian sans dire
un mot. Je me lève et vais consulter sa bibliothèque,
histoire de voir les quatre ou cinq nouveaux romans
qu'il a achetés ce mois-ci.

— Un autre exemplaire de la Pléiade ! C'est
vraiment bien payé, un policier, on dirait !

— Tu trouves pas ça trop long, Montréal-
Drummond trois fois par semaine ?

Tout en feuilletant le bouquin, je lui explique
ma rencontre avec Alex et notre entente, pour les

mardis et vendredis. Quand je relève la tête, je devine à son expression que Louis n'est pas emballé par l'idée.

— Tu devrais faire attention, Étienne.

— Bon, le flic qui joue aux protecteurs !

— Je ne te fais pas la morale, je te dis juste d'être prudent. Des fois, les gars de la SQ nous racontent des histoires assez épouvantables sur certains *pouceux*. Ce ne sont pas tous des anges... En plus, c'est bizarre, ça, qu'il veuille monter avec toi deux fois par semaine...

— Écoute, Louis, je l'ai pris deux fois. S'il avait voulu m'attaquer, je serais déjà mort, tu penses pas ?

Il réfléchit une seconde, admet que j'ai sans doute raison.

— Ça me fait de la compagnie au moins deux fois par semaine. Sur une route aussi plate, c'est une vraie bénédiction. C'est un bien bon gars. Un peu bizarre, par moments, mais très sympathique.

— C'est comme tu veux, me lance mon ami en se levant pour aller se chercher une autre bière. De toute façon, même s'il te coupe les couilles avec des ciseaux, ce sera pas bien grave : pour ce qu'elles te servent ces temps-ci...

— Vraiment, je ne sais pas ce que je ferais sans un ami comme toi.

Lorsque je sors de l'appartement, une heure plus tard, je me rends compte que les étoiles sont plus blanches que jamais. Mais ce ne sont pas elles qui brillent avec plus d'intensité, c'est mon regard qui est plus clair.

En sifflotant, je monte dans ma voiture.

◆

Dernière journée d'octobre. Très froid. Ça sent l'hiver.

À dix-neuf heures quarante-huit exactement, la sortie de Saint-Valérien est en vue et j'aperçois la silhouette d'Alex sous le réverbère, pouce levé. J'en ressens une véritable satisfaction.

— Salut, James, me lance-t-il en montant.

— Bonsoir, patron.

Tandis que je reprends la route, Alex se frotte les mains avec contentement.

— À soir, c'est pas chaud ! J'avoue que si j'avais un chauffeur comme toi tous les jours, je m'en plaindrais pas !

Nous échangeons sur notre week-end respectif, et je réalise une fois de plus notre complicité naturelle.

— Toujours aussi fasciné par ton cours ? finit par me demander mon compagnon.

— Absolument. Et en plus, tu as de l'influence sur moi !

Je lui explique le petit jeu auquel je me suis livré avec mes étudiants. Alex écoute en silence, manifestement très attentif.

— J'ai l'impression que l'autre jour tu avais raison sur certaines choses, conclus-je en riant.

Un court silence, puis je l'entends demander :

— Aucun de tes étudiants est allé plus loin ?

— Qu'est-ce que tu veux dire ?

— À part les histoires de pattes d'araignées pis d'arrachage d'ailes de mouche, il y en a pas un qui a raconté quelque chose d'un peu plus spécial ?

Sa voix n'est pas amusée comme tout à l'heure. Il attend ma réponse avec sérieux.

— Non. Rien de plus «croustillant», si c'est ça que tu veux dire…

Son regard revient sur la route et il a une moue sceptique.

— Ça m'étonne.

Qu'est-ce qu'il s'imaginait donc, que tous les enfants avaient été de grands sadiques ?

— Non, non, je suis sûr qu'en général tes étudiants ont pas été plus loin que ce qu'ils t'ont dit… Mais il y en a sûrement un ou deux qui ont fait pire pis ils ont pas voulu te le dire…

Du coin de l'œil, je le vois hausser les épaules.

— … ou ils ont oublié.

Un temps, puis sa voix redevient gaillarde :

— Pis toi, Étienne, qu'est-ce que tu leur as dit ?

— De quoi tu parles ?

— Voyons, les étudiants ont sûrement voulu que leur prof se confie à son tour !

Me voilà donc, encore une fois, obligé d'expliquer mon amnésie d'enfance. Après mon histoire, je tourne la tête vers lui en ricanant :

— Tu dois pas me croire, hein ?

Alex m'observe avec gravité.

— Je te crois parfaitement.

Je lui dis que les étudiants, eux, ne m'ont pas cru et que j'ai dû inventer quelque chose pour ne pas les froisser.

— Je leur ai dit que je torturais des couleuvres, ou quelque chose du genre.

— Des couleuvres…

J'approuve en émettant un petit gloussement, mais mon passager ne rit pas du tout. Je me rends compte qu'Alex est aussi fasciné par l'enfance que je le suis, mais sa fascination m'apparaît plus sombre. Peut-être a-t-il raison. Si l'horreur et l'enfance font si bon ménage, c'est peut-être parce que l'enfance renferme des domaines plus ténébreux que nous le croyons…

Il me demande au bout de quelques secondes :

— Qu'est-ce que tu faisais, avec ces couleuvres ?

— Mais rien, voyons, je t'ai dit que j'avais tout inventé !

— Ah oui ?

De nouveau, cette ironie subtile… Et tout à coup, je lui pose la question qui m'obsède depuis vendredi :

— Dis donc, Alex, on s'est pas déjà vus, tous les deux ?

Je lui demande ça sur un ton détendu, avec une curiosité amusée… mais il ne répond pas. Il est toujours aussi grave, me fixe toujours avec son noir regard. Ce n'est pas la première fois que je remarque son petit côté sibyllin, mais aujourd'hui il y va fort et ça commence à m'agacer. Je suis d'ailleurs sur le point de lui demander à quoi il joue lorsqu'un bruit assourdissant retentit dans ma voiture, comme si un géant frappait de ses deux poings sur la toiture. Sacrament ! C'est quoi, ça ? J'avance la tête et fouille le ciel, le front presque collé au pare-brise. Je ne vois rien, mais le bruit se poursuit, infernal. Alex, aussi déconcerté que moi, me propose de m'arrêter sur l'accotement. À mesure que je ralentis, l'épouvantable tintamarre diminue, jusqu'à disparaître complètement.

Nous sortons tous les deux et, malgré la noirceur, trouvons rapidement le problème : la longue

bande de caoutchouc qui borde mon pare-brise est
à moitié arrachée. Quand je roule à grande vitesse,
elle rebondit follement sur mon toit, provoquant ainsi
ce vacarme insupportable.

Je remets la bande en place, puis nous repartons.
Mais au bout d'une minute, le géant se remet à jouer
du tambour. Je me mets à jurer en frappant sur mon
volant. Je ne pourrai pas endurer ça jusqu'à Drummondville !

— Prends la prochaine sortie, propose calmement
Alex. On va trouver un garage.

— Je pourrais aller à un garage à Saint-Eugène,
ça ne te retarderait pas…

— Ben non, ma journée est finie, je suis pas
pressé… Prends la prochaine.

On croise un panneau : SAINT-NAZAIRE, 1 km.

— Saint-Nazaire, c'est parfait ! fait Alex. Je
connais un petit garage dans le coin.

Je ressens une drôle d'impression. Je repense à
ma mésaventure de l'autre soir, sur ce rang désert
et ténébreux…

Trente secondes plus tard, je m'engage dans la
sortie et roule vers le village. Mon passager et moi
ne parlons plus, assourdis par le tapage sur le toit.
À cent mètres devant, le feu rouge clignote dans la
nuit. Cette fois, je vais continuer tout droit jusqu'au
village.

— Au clignotant, tu tournes à droite, m'indique
alors Alex.

Je tourne la tête vers lui, stupéfait.

— Il n'y a rien par là, Alex. C'est un rang de
campagne désert.

— Fais-moi confiance, il y a un garage, je le sais.

Il semble sûr de lui et je n'ose pas le contredire, pour ne pas le froisser. Après tout, l'autre soir, je n'étais pas allé très loin…

Je m'arrête au clignotant. Le bruit sur le toit s'arrête aussitôt. Aucune voiture en vue. Comme l'autre nuit, le rang à droite s'enfonce dans l'encre de la campagne, sans horizon, sans fin. J'ai la curieuse impression d'avoir reculé dans le temps, jusqu'à la semaine dernière… ou plus loin encore ?

— À droite, Étienne, me répète doucement Alex.

Nous roulons sans dire un mot, accompagnés par le bruit du foutu caoutchouc. Après trois longues minutes de route, nous n'avons croisé aucune voiture et à peine deux ou trois fermes. Aucun réverbère. La lumière de mes phares est absorbée par les ténèbres à vingt mètres à peine.

Je ne me sens pas bien, pas bien du tout. Et je n'arrive pas à comprendre pourquoi. Merde ! c'est un foutu rang de campagne comme il en existe des milliers d'autres !

— Je pense que tu t'es trompé, Alex, il n'y a pas de garage ici…

Ma voix est calme, mais je sens de la sueur sur mon front.

— Tu as compris ce que j'ai dit ?

— C'est là.

À une vingtaine de mètres, un édifice ressemblant à une sorte de grange se dessine vaguement, percé par une ou deux fenêtres blafardes. Sur une enseigne défraîchie et craquelée, faiblement éclairée par une ampoule, on peut lire : « Marc Lafond, pièces de voiture. Vente et achat ».

Incrédule, j'actionne mon clignotant (mais pour avertir qui ? On est seuls sur cette maudite route !)

et m'engage lentement dans la vaste cour. Mes phares balaient une bonne dizaine de carcasses de voitures qui gisent autour du bâtiment. Les plus éloignées, à peine esquissées, ressemblent à des monstres préhistoriques inquiétants, prêts à bondir. Derrière le bâtiment, la campagne plate s'étend sur environ deux cents mètres, puis c'est la forêt obscure.

J'éteins le moteur, mais laisse les phares allumés. Le silence est total.

— C'est pas un garage, que je finis par dire. C'est marqué « vente et achat », pas réparation.

— Ils doivent ben avoir de la colle pour ton caoutchouc, non ?

— Ça a l'air fermé.

— L'enseigne est allumée.

On dirait vraiment une grange. Mon malaise de tout à l'heure n'a pas disparu, au contraire. Comme si ce *garage* était le centre névralgique de mon angoisse. Car il s'agit bien d'une angoisse, aucun doute là-dessus, aussi ridicule que cela puisse paraître !

Et j'ai un mal de tête qui commence…

Je ne devrais pas être ici.

Je frotte mon front douloureux. Mais qu'est-ce qui me prend ?

— Ça va pas, Étienne ?

Alex a l'air inquiet. Je le rassure, lui dis que tout va bien. Pour me donner une contenance, j'ouvre la portière et demande à mon passager d'attendre là.

À côté d'une grande porte de garage fermée se trouve une petite porte déglinguée qu'un enfant réussirait à défoncer d'un simple coup de pied. Tandis que je marche vers elle, je jette des regards incertains aux cadavres de voitures, tout autour.

Je me secoue intérieurement, me traite d'idiot. Enfin, je pousse la petite porte et entre.

L'intérieur ressemble finalement à un garage ordinaire : vaste pièce en désordre, qui sent l'huile et l'essence ; au fond, une voiture en vilain état ; là-bas, près du mur, une montagne d'objets métalliques non identifiés ; au fond, mais sur la gauche, un lavabo qui a déjà été blanc et une porte entrouverte qui laisse deviner une toilette plus que douteuse ; finalement, un bureau incongru, contre le mur de droite, recouvert de paperasse souillée.

Quatre poteaux de métal donnent l'impression de soutenir le toit. Au centre de ce dernier, une trappe ouverte donne sur le grenier. Sur tous les murs, on a installé des étagères sur lesquelles gisent des outils, des pièces de voiture ainsi que d'autres morceaux qui me semblent d'origine extraterrestre.

Je regarde chaque détail avec attention, comme si l'explication de mon malaise se terrait quelque part dans cette vaste salle éclairée par quelques ampoules, d'une lumière insuffisante et malade.

J'aperçois enfin les garagistes eux-mêmes. Ils sont deux et examinent le moteur de la voiture. Ils sont en pleine discussion, à propos de l'alternateur qui semble irrécupérable, et ils ne m'ont pas entendu entrer. Je referme la porte, geste qui provoque presque la chute de deux bicyclettes accrochées au mur. Je les maintiens de mes deux mains et évite le pire.

Les deux hommes remarquent enfin ma présence. Ils ont des gueules dures, pas très sympathiques, et doivent être dans la cinquantaine. J'ai tout à coup l'impression d'être tombé dans un repaire de contre-

bandiers. Je rejette cette idée absurde et hautement
paranoïaque.

— On est fermé, me lance un des deux gars, le
barbu.

— Ah ? C'est parce que l'enseigne était allumée,
donc…

L'autre gars, qui a un cure-dent dans la bouche,
se frotte le nez avec lassitude puis demande :

— Bon… C'est pour quoi ?

Invitation froide, sèche, mais invitation tout de
même. Cela me rassure un peu et, tout en faisant
quelques pas vers eux, je commence à expliquer
mon problème d'une voix incertaine, timide. Le
barbu se désintéresse alors complètement de moi et
s'éloigne vers la droite. Le gars au cure-dent ne me
laisse pas finir :

— C'est pas un garage, ici.

Mentalement, je me mets à maudire Alex. Cure-
dent m'explique qu'il achète de vieilles minounes
pour récupérer les morceaux encore en bon état. Il
me désigne la bagnole du menton, comme pour la
prendre à témoin.

— C'est pour ça toutes ces vieilles carcasses,
dehors, dis-je bêtement en hochant la tête.

— C'est ça.

Il marmonne ces deux mots sans aucune expression, en essuyant distraitement ses mains grais-
seuses avec un chiffon encore plus noir que ses
mains. Pour lui, la discussion est finie et il attend
que je parte.

Ce que, bêtement, je ne me résigne pas à faire.
Ce garage me met mal à l'aise, mon mal de tête
augmente de minute en minute, et pourtant, je reste

là comme un idiot, à regarder partout... L'autre gars, le barbu, fouille dans le tas de ferraille et en sort un vieux vélo de montagne qui a vu de meilleurs jours.

— Vous récupérez aussi les vieux vélos ?

Pourquoi est-ce que je demande ça ? Qu'est-ce que ça peut me foutre ?

— Des bicycles aussi, des fois, répond Cure-dent. Des motos, des tracteurs. N'importe quoi. Mais surtout des chars.

Son ton est à la limite de la politesse, mais je ne peux m'empêcher d'observer le barbu, là-bas, qui pousse doucement le vélo devant lui pour vérifier l'état des roues. Le bruit de la chaîne toute rouillée se fait entendre, grinçant.

Tiketik-ketik-ketik...

Je regarde la bicyclette un bon moment, puis mon regard glisse jusqu'au tas de ferraille. Il me semble y voir beaucoup de chaînes...

— On fait pas de réparation, ajoute Cure-dent avec une réelle impatience.

Je bredouille enfin des excuses, remercie, puis marche vers la porte. Le malaise qui me noue l'estomac depuis dix minutes grandit dangereusement, au risque d'éclater si je ne sors pas de cette baraque dans les prochaines secondes.

À mi-chemin de la porte, mes yeux tombent sur un objet à terre : un genre de très grand treuil, autour duquel sont enroulées deux larges chaînes. Leurs extrémités gisent sur le sol, pointées vers moi, comme si elles se préparaient à se dérouler à toute vitesse pour me bondir dessus.

En vitesse, je pousse la porte et sors.

L'air froid me fouette agréablement le visage, mais mon malaise persiste. Aveuglé par les phares, je retourne dans ma voiture et me laisse lourdement tomber sur ma banquette, sans un regard vers Alex. Il me demande ce qui se passe et je lui réponds qu'ils ne font pas de réparation.

— T'as pas l'air de *feeler,* toi, me dit-il.

J'ai chaud au point que mes vêtements sont trempés. La voiture me semble trop petite, étouffante.

— Ça va passer...

— Mais ils t'ont pas donné de colle, rien?

— Ils ne réparent pas, Alex, ils récupèrent des morceaux, c'est tout! que je répète, un rien exaspéré.

Je mets le moteur en marche, mais Alex est outré : franchement, ils pourraient nous donner un coup de main, non? Il ouvre même la portière et me dit qu'il va aller voir. Je veux protester, mais je me sens si mal qu'aucun son ne franchit ma bouche et je me contente de me frotter les yeux, la tête douloureuse. J'entends à peine la portière se refermer. Je m'efforce de regarder dehors et vois Alex avancer vers le garage puis y entrer.

Je regarde autour. Les carcasses de voitures. L'affiche faiblement éclairée. La forêt derrière le garage. Et cette angoisse qui gonfle, au même rythme que mon mal de tête... Je ferme les yeux et m'oblige à me calmer. C'est idiot, il n'y a aucune raison d'être dans un tel état, aucune! L'angoisse devient alors panique, pendant une seconde ou un siècle, impossible à préciser. Le bruit du moteur prend des proportions si assourdissantes que je pousse un cri et éteins avec rage.

Le silence. Total. Enfin.

Les yeux toujours clos, je sens l'angoisse reculer, se diluer. Toute douleur a disparu de mon crâne. J'ouvre lentement les paupières.

Dehors, c'est la nuit et la tranquillité. Sur le volant, mes mains sont couvertes de sueur. Je prends une grande respiration et lisse mes cheveux.

Bon Dieu, qu'est-ce qui me prend de me mettre dans un tel état ?

Je regarde vers la porte du garage avec impatience. Même si je vais mieux, j'ai hâte de quitter cet endroit, ce rang, ce village… Qu'est-ce qu'il crisse, Alex ? Il joue une partie de poker avec les deux gars ?

La porte s'ouvre enfin et Alex apparaît. Baigné de lumière, il marche vers la voiture, calme mais la démarche insolite, un peu mécanique.

— Ils veulent rien savoir, annonce-t-il en s'assoyant. Ils font pas de réparation.

— Je te l'avais dit, que je fais d'une voix redevenue à peu près normale.

Il ne réplique rien. Impassible, il regarde devant lui puis, doucement, il essuie ses mains sur son pantalon. Je remarque enfin qu'elles sont mouillées.

— Désolé de t'avoir amené ici pour rien, ajoute-t-il.

Pourtant, il ne semble pas désolé le moins du monde.

— C'est pas grave, dis-je.

Il se gratte le cou, puis regarde dehors, l'air songeur. Est-ce lui qui est vraiment bizarre, tout à coup, ou si c'est moi qui recommence à délirer ? Je remets le moteur en marche et recule jusque sur la route. Avant de repartir, je regarde encore quelques instants le garage, de nouveau obscur à l'exception de son enseigne rouillée et de ses deux fenêtres si sales que la lumière intérieure en est étouffée.

Durant le chemin du retour, nous ne croisons aucune voiture.

Une fois sur l'autoroute, il ne me reste aucun symptôme de mon angoisse de tout à l'heure, sauf une immense perplexité.

Les cognements sur ma toiture ont repris de plus belle. Je jette un coup d'œil vers mon passager. Alex n'a pas dit un mot depuis notre départ du garage. Il regarde devant lui, le regard lointain. Quand nous croisons les phares d'autres voitures, j'entrevois une sorte de douce satisfaction dans ses yeux noirs.

Le vacarme est insupportable. En jurant, je m'arrête sur l'accotement de l'autoroute, sors et, d'un mouvement brusque, arrache la bande de caoutchouc. Quand je remonte dans la voiture, Alex me considère avec étonnement, puis éclate de rire.

— Ouais ! Tout un réparateur, mon Étienne !

L'entendre s'esclaffer ainsi me fait du bien. Les choses vont peut-être enfin redevenir normales… Mais, comme pour tourner le fer dans la plaie, Alex me dit :

— T'avais vraiment pas l'air en forme, tout à l'heure.

Comme je n'ai pas envie d'en parler, j'esquive en posant moi-même une question :

— Comment ça se fait que t'es déjà allé à ce garage perdu, toi qui n'as même pas de voiture ?

— J'y étais jamais allé. C'est un ami qui m'en avait parlé.

— Pas très fiables, tes amis !

Je ricane. Alex se contente de sourire, songeur.

La sortie de Saint-Eugène apparaît. Alex me serre la main. On se donne rendez-vous pour vendredi, puis il sort. Je me souviens alors que je lui avais demandé, tout à l'heure, si on ne s'était pas déjà vus et qu'il n'avait pas encore répondu. Je penche donc la tête avec l'intention de lui lancer la question avant qu'il ne referme la portière, mais je l'entends soudain s'exclamer de l'extérieur :

— C'est moins froid que tantôt, on dirait. On pourrait presque faire du bicycle.

Je m'étonne d'une telle remarque. Alex se penche vers l'intérieur de la voiture et, le regard malicieux, me demande :

— T'aimes-tu ça, faire du bicycle, Étienne ?

Je supporte son regard un moment.

— Non… Non, je n'en ai jamais vraiment fait…

— Ah non ?

Il semble plus amusé qu'incrédule. Il ajoute :

— Moi non plus, remarque. Pas comme conducteur, en tout cas. Comme je te disais l'autre jour, je conduis jamais, moi. Je guide.

Je ne réponds rien, déconcerté.

— Je t'imagine, toi, sur un vélo, continue-t-il. Je suis sûr que t'aimerais ça. La vitesse, le vent dans la face… Le bruit de la chaîne…

Il avance alors la tête encore plus avant dans la voiture. Il retrousse ses lèvres, rapproche ses dents sur lesquelles les broches semblent plus visibles que d'habitude, puis émet un son que je reconnais aussitôt :

— Tiketik-ketik-ketik…

Un long frisson me parcourt tout le corps. Mon compagnon exécute alors le même geste que l'autre jour : il met son index sur son front, puis, lentement, vient le pointer doucement sur le mien. Et comme la dernière fois, un vague écho roule dans ma tête. Alex me fait un clin d'œil, puis referme enfin la porte. Je l'observe un bon moment s'éloigner dans la nuit.

Je me remets en route, songeur. Oui, Alex et moi, on s'est déjà vus, j'en suis maintenant convaincu. Et si je n'arrive pas à me souvenir de lui, c'est peut-être parce que je l'ai connu avant, durant les huit premières années de ma vie. Et peut-être que lui se souvient de moi et qu'il s'amuse à essayer de me rafraîchir la mémoire, ce qui expliquerait son drôle de comportement.

Oui, ça se tient…

Ces réflexions me conduisent jusqu'à Drummondville. Après la sortie, je m'arrête à un feu rouge. Si Alex est vraiment un copain d'enfance, il pourra me raconter ce que je faisais quand j'étais gamin, à quoi on jouait tous les deux…

Les jeux…

Un glissement, sur le sol, à mes pieds. Je baisse la tête. Rien. Mon pied est sagement posé sur la pédale de frein.

La lumière est verte et je repars.

Je suis sur le point de « retrouver » quelque chose, une partie de mon enfance…

Je me sens soudain tout excité. Je pourrais demander à mes parents de m'aider, par exemple en leur parlant d'Alex. Ils me diraient tout de suite si c'était un ami d'enfance. Mais je décide que non.

J'aurais l'impression de tricher. C'est entre moi et Alex que ça se passe, c'est à lui que je dois poser les questions. D'ailleurs, c'est sûrement ce qu'il souhaite.

Une sorte de jeu, quoi…

Je sens un léger sourire retrousser mes lèvres tandis que je me stationne devant la maison de mes parents.

◆

Je roule sur le vélo blanc d'enfant, dans le bois. Sur le chemin de terre battue, ce n'est plus une dizaine, mais des centaines de couleuvres qui glissent les unes sur les autres ; pour me frayer un passage, je dois les écraser avec mes roues. Seul le bruit mou qu'elles émettent en éclatant brise le silence du crépuscule.

Devant, une silhouette brandit son pouce. Un enfant, avec un manteau rouge. Il tourne la tête vers moi ; comme il a rabattu son capuchon sur sa tête, sa figure se perd dans l'ombre.

Je m'arrête devant lui. Il baisse lentement son pouce, puis ne bouge plus. Son visage est toujours invisible, comme si son capuchon était un abîme sans fond. Des couleuvres ont commencé à s'enrouler autour de ses jambes, mais il ne bronche toujours pas. Moi, sur mon vélo, le pied droit sur le sol pour garder mon équilibre, j'attends, avec un singulier mélange d'excitation et de peur.

Il lève la main vers son capuchon et le repousse. C'est un petit garçon de huit ou neuf ans, aux cheveux sombres frisés. Ses yeux noirs sont grands et expressifs.

Les couleuvres montent de plus en plus sur son corps. Certaines ont atteint sa poitrine, mais il ne s'en préoccupe toujours pas.

— Je peux être ton passager ? me demande l'enfant d'une voix candide.

J'ai soudain envie de fuir, de pédaler comme un fou le plus loin possible de ce gamin. Mais déjà, je m'avance sur mon siège afin de lui faire de la place et je réponds :

— Bien sûr…

Deux voix sortent de ma bouche. La mienne et une autre. Ou, plutôt, la deuxième voix m'appartient aussi, mais elle est plus aiguë, plus haute. Plus jeune.

— Monte, lui dis-je de ma double voix.

Il sourit. Un sourire qui jure avec son visage harmonieux, car sa dentition est vilaine, inégale.

Les couleuvres s'enroulent maintenant autour de son cou. Mais il sourit toujours et me dit, la voix envoûtante :

— Tu vas voir… Je suis un bon guide…

Au dernier mot prononcé, une couleuvre surgit d'entre ses dents tordues.

Je me réveille en sursaut. Silence. J'entends en sourdine les ronflements de mon père, dans la pièce d'à côté.

Cette fois, plus de doute possible : non seulement j'ai connu Alex quand j'étais petit, mais nous avons fait du vélo ensemble, dans un petit bois, sûrement celui qui s'étend au bout de la rue à deux minutes d'ici. Et ces souvenirs que ma conscience a effacés tentent de ressusciter à travers mes rêves. Explication qui m'apparaît tout à fait valable.

J'aurais donc fait du vélo avant mes neuf ans ? Si c'est le cas, pourquoi avoir arrêté ?

Et les couleuvres ?

D'ailleurs, pourquoi ces rêves sont-ils si… morbides ?

Je remonte les couvertures jusqu'à mon cou et me retourne sur le côté. Je n'aurai pas la patience d'attendre jusqu'à vendredi. Demain, j'en parle à mes parents.

◆

En me levant, je trouve un message de mes parents sur la table : ils sont partis à Québec et me souhaitent une bonne journée. C'est vrai, ils m'en avaient parlé et j'avais oublié. Mais quelle idée de partir si tôt, il est à peine sept heures quinze ! Ça, c'est le portrait tout craché de mes parents : ils devaient être debout à cinq heures, tout pimpants, et ils ont dû déjeuner en route. J'en serai donc quitte pour attendre de revoir Alex vendredi et lui poser mes questions…

Je vais donner mon cours et, dans les vingt dernières minutes, je propose aux étudiants le même exercice que j'avais fait avec mon groupe du lundi. Comme la dernière fois, j'ai droit aux mouches, aux araignées, aux abeilles et à toutes ces babioles inoffensives. J'ai aussi droit à la même réaction : mélange de rires, de grimaces et de réel plaisir à se rappeler. Et puis, quelques minutes avant la fin du cours, un étudiant s'exclame joyeusement :

— Moi, j'arrachais les yeux des grenouilles !

Une rumeur unanime de dégoût parcourt la classe. Moi-même, je réagis avec étonnement. Je ne l'avais jamais entendue, celle-là. Faire fumer des grenouilles, oui, mais leur arracher les yeux... Tous observent avec intérêt l'étudiant : ils veulent des détails, bien sûr. Le jeune s'appelle Pascal, il est plutôt petit mais costaud, et son visage ressemble vraiment à celui d'un ange très sage. Rien à voir avec l'image d'un gamin qui torture des batraciens. Pascal comprend qu'il est le point de mire et cela lui donne une éloquence inhabituelle, lui que je n'entends à peu près jamais.

— Ouais ! Je capturais des grenouilles et, avec mon canif, je leur arrachais les deux yeux, tchop, tchop !

Cris et rigolades dans la pièce. J'écoute, les bras croisés, assis sur le bureau.

— Mais tu les tuais avant, j'imagine ? demande une étudiante, inquiète.

— Ben non ! rétorque l'autre, tout fier. C'était ça, le *trip* !

Nouvelle vague de cris, mais certains réellement stupéfaits. Et ça rit un peu moins, on dirait...

— Je les laissais partir après ! continue l'étudiant, vraiment emporté. C'était tellement drôle de les regarder sauter maladroitement, sans rien voir ! Elles se cognaient partout, *full* paniquées !

Cette fois, les quelques réactions sont isolées. Les étudiants maintenant silencieux froncent les sourcils, sourient nerveusement, se dévisagent entre eux avec incertitude. Je ne bouge toujours pas, mais je sens mon amusement disparaître rapidement.

— Pis je gardais tous les yeux ! Je les mettais dans un gros bocal pis je le cachais chez nous ! Évidemment, mes parents le savaient pas ! Ils auraient pas trouvé ça drôle ! Quand j'étais tout seul, je vidais le bocal par terre pis je comptais les yeux, je les comparais, les classais…

Il rigole, mais il est maintenant le seul. Je me sens tout à coup obligé d'intervenir. Je remercie donc Pascal de son anecdote, mais je crois qu'il ne m'a même pas entendu car il continue, tout excité, parfaitement inconscient du malaise ambiant :

— Un jour, je me suis tanné des yeux de grenouille, pis par hasard, je suis tombé sur le cadavre d'un chat mort, sur le bord de la route… Ça fait que j'ai décidé d'ajouter une nouvelle sorte d'yeux à ma collection !

Ce n'est plus la perplexité que je vois sur les visages, cette fois, mais l'horreur et, dans certains cas, une sorte d'épouvante ahurie. Je me redresse en décroisant les bras. C'est allé trop loin.

— Ça fait que je me suis mis à chercher des chats pour…

— Merci, Pascal, ça va aller !

Je m'efforce de sourire, mais ma voix est un peu plus brusque que je ne l'aurais voulu. Le jeune au visage angélique s'arrête ; il me considère d'un air hébété, puis observe ses pairs. À l'exception de deux ou trois ricanements étouffés, personne ne profère le moindre son. Ils dévisagent Pascal, et dans leurs yeux, je lis quelque chose de terrible : un vague mais réel mépris mêlé de crainte.

Pascal rougit. Je crois qu'il réalise enfin ce qu'il vient de raconter. Comme pour s'excuser, il se met à balbutier :

— Ben… j'ai pas fait ça longtemps, par exemple… Genre, six mois… Moins, même…

Il se tait, se gratte piteusement la tête, puis baisse les yeux. Son visage n'est plus rouge mais blanc.

Dans la classe, le malaise est palpable, épais. Pendant quelques secondes, je me sens complètement dépourvu. Oui, tout cela est allé trop loin. Parce que j'ai perdu le contrôle, parce que je n'ai pas su canaliser tout ça... parce que je n'aurais jamais dû me livrer à ce petit jeu, et ce, dès le départ. Merde ! c'est un cours de littérature, ici, pas un cours de psychologie de l'enfance !

Je parle enfin, d'une voix que j'espère naturelle. J'explique que, pour la semaine prochaine, ils doivent lire la nouvelle de Jean Ray et en dégager les principaux thèmes. Mais le malaise persiste dans la pièce. Heureusement, le cours est terminé et je leur souhaite bonne semaine.

Tandis qu'ils sortent de la classe, j'ai de la difficulté à les regarder tellement je me sens honteux. Ce petit jeu n'avait rien de pédagogique, je l'ai fait seulement pour ma curiosité personnelle, juste parce qu'Alex avait émis des théories ridicules sur ce sujet.

Alex... Encore lui... Il prend tout à coup beaucoup de place pour un gars que je ne connaissais pas il y a deux semaines...

... que je *croyais* ne pas connaître...

La classe est vide. Il ne reste que Pascal. Il range lentement ses livres dans son sac, l'air vraiment malheureux. Il marche enfin vers la porte, passe lentement devant moi, puis lève la tête. Il me regarde avec une rancune évidente, presque sur le point de pleurer. Et je comprends tout à coup qu'il ne se rappelait pas. Il ne se souvenait plus de ses grenouilles, de ses yeux, de ses chats. Il n'y avait jamais vraiment repensé.

Jusqu'à aujourd'hui. Jusqu'à mon stupide petit jeu.

Gêné, je me penche sur mes livres, incapable de rien dire. Au bout de longues secondes, je relève la tête, avec l'intention de m'excuser, mais il est déjà parti.

Je m'appuie contre le mur et croise les bras, le regard rivé au sol.

◆

Vendredi matin, je donne mon cours à mon troisième groupe mais, avec lui, je ne me livre pas au petit jeu sur les tortures de l'enfance.

Normalement je dîne au département avant de retourner à Montréal, mais mes parents m'ont invité à manger chez eux : ils ont, paraît-il, acheté un petit quelque chose pour moi lors de leur virée à Québec. Je suis à peine entré dans la maison qu'ils me mettent le cadeau sous le nez : un exemplaire de la Pléiade, *Les Misérables,* de Hugo. Je les abreuve de remerciements. Louis ne sera plus le seul à avoir des livres luxueux !

Nous nous installons à table et mangeons. Mon père termine rapidement son repas et commence à lire *L'Express*, l'hebdo de la région. Comme d'habitude, il commente chaque nouvelle qui lui passe sous les yeux :

— Tiens, ils font un compte rendu complet de l'enquête sur ce gars de Drummondville qui a kidnappé le violeur de sa fille, il y a une couple de semaines. Comment il s'appelle déjà…

— Bruno Hamel, fait ma mère.

— C'est ça. Tu veux que je te le lise ?

Ma mère dit qu'elle en a suffisamment entendu parler à la télé et mon père, en haussant les épaules, tourne la page du journal. Moi, je mange en silence, anticipant ma rencontre de tout à l'heure avec Alex. Pourvu qu'aucune voiture ne le prenne avant que je passe, car je me sens incapable d'attendre jusqu'à mardi pour lui poser toutes mes questions.

Et mes parents ? Ils sont là, aussi bien en profiter…

— C'est quand même plate que je ne garde aucun souvenir de mon enfance.

Ma mère me dévisage avec surprise. Mon père, tout en tournant une page de son journal, me jette un bref coup d'œil vaguement intrigué.

— Pourquoi tu penses à ça, tout d'un coup ? me demande ma mère.

Je lui dis qu'on parle de l'enfance, ces temps-ci, dans mon cours, et que cela m'a ramené à mon amnésie.

— Ah ! C'est ton père le responsable, je l'ai toujours dit ! fait ma mère en souriant avec moquerie.

Mon père grogne quelque chose d'inaudible, sans quitter son journal des yeux. Il n'a jamais aimé parler de cet accident. Peut-être se sent-il coupable. Pourtant, j'ai toujours traité de ce sujet avec légèreté, pour bien lui montrer que je ne lui en voulais pas.

— Je devais avoir des amis, quand j'étais petit…

Ma mère est de plus en plus étonnée. C'est vrai que cette conversation sort de nulle part. D'ailleurs, je tourne autour du pot et je me demande pourquoi. Ma mère me répond que oui et se met à nommer quelques-uns de mes copains. Elle m'a déjà dit tout ça et, de toute façon, je me rappelle tous ces gamins : nous avons joué ensemble jusqu'à onze, douze ans, certains même plus longtemps encore. Je suis donc sur le point de lui parler directement d'Alex Salvail lorsqu'une exclamation nous fait sursauter :

— Ah, ben, ciboire !

C'est mon père, lui qui ne sacre presque jamais. Ma mère proteste pour la forme, mais je vois son sourire amusé et bien mal dissimulé. Mon père, lui, fixe le journal avec de grands yeux incrédules.

— Marc Lafond est mort ! annonce-t-il en guise d'explication.

Ma mère hausse les épaules, signifiant ainsi qu'elle ignore de qui il s'agit.

Ce nom ne m'est pourtant pas inconnu ; il me semble même l'avoir entendu tout récemment...

Entendu ou lu...

— J'en reviens pas ! Et le gars qui travaille avec lui est mort aussi ! Tués, tous les deux ! Mardi passé ! Dans le garage de Lafond !

Et tout à coup ça me revient, dans un tel éclair de stupéfaction que ma fourchette, en route vers ma bouche, s'immobilise net.

— C'est qui, Marc Lafond ? demande ma mère, exaspérée.

— Je ne le connaissais pas tant que ça... C'est juste que j'ai eu affaire à lui quelques fois. N'empêche, ça fait drôle de lire ça... Il ramassait des vieux chars, des motos, n'importe quoi. Il était à Saint-Nazaire, mais on le connaissait jusqu'à Drummond parce qu'il faisait des maudits bons prix.

Moi, c'est Maurice qui me l'avait présenté... Marc
Lafond ! Hé ben !

— Ça me dit rien, moi, persiste ma mère.

— Ben oui, voyons ! Souviens-toi, c'est à lui
qu'on avait...

Il s'arrête brusquement et tourne les yeux vers
moi, comme s'il se souvenait tout à coup de ma
présence. Il semble jongler mentalement pendant
une ou deux secondes puis, en haussant les épaules,
conclut :

— Je lui ai déjà vendu un vieux char, ça fait bien
longtemps... Avant qu'on se connaisse, même.

C'est clair qu'il ne dit pas tout et je ne sais pas
pourquoi. Mais en ce moment, cela me préoccupe
peu : je suis trop bouleversé par cette nouvelle.

Ils ont été tués mardi !

— Est-ce qu'on... qu'on sait quand *exactement,*
mardi ? que je demande.

Il retourne au journal et explique que c'est la
femme de Lafond qui a découvert les corps. Elle
attendait son mari pour vingt et une heures. Comme
il tardait, elle a appelé au garage : aucune réponse.
Elle a attendu encore une demi-heure, puis est allée
directement au garage. Elle les a trouvés sans vie.

Moins de deux heures après que je leur ai parlé,
ils étaient morts ! Et comme le garage était fermé,
je suis vraisemblablement la dernière personne à
les avoir vus vivants !

Non, pas moi. Alex. Alex est entré après moi.

Un courant froid me traverse violemment les
membres.

— Mais ils ont été tués comment ? demande ma
mère, maintenant intéressée. Par qui ?

— L'article dit que la police n'a encore aucun indice fiable sur l'identité du ou des assassins. Le motif demeure aussi mystérieux : le bureau était plein d'argent et on n'y a pas touché.

Le courant froid qui me traverse fait soudain place à une étouffante bouffée de chaleur. Une image commence à tournoyer dans ma tête mais trop rapidement pour que je la discerne avec précision.

— Le plus fou, ajoute mon père en secouant la tête, c'est qu'ils ont été tués avec un guidon.

Ma mère ne comprend pas et mon père lit un passage de l'article : l'assassin a pris un vieux guidon de vélo, en métal, qui traînait dans le garage, et il a frappé à mort les deux hommes à la tête.

L'image qui tournoie dans mon crâne ralentit graduellement, tandis que la chaleur en moi décuple.

Mon père précise qu'ils avaient le visage complètement écrabouillé et ma mère proteste avec dégoût, affirmant qu'elle n'a vraiment pas besoin de ces détails.

— Il y avait aussi du sang sur le lavabo du garage, poursuit mon père. Le tueur se serait lavé les mains avant de partir...

Dans ma tête, l'image s'immobilise enfin et m'apparaît avec la clarté d'une photographie : Alex, sortant du garage, les mains mouillées.

Je suffoque littéralement de chaleur.

Ma fourchette, toujours suspendue au-dessus de la table, se met à trembler. Je me demande stupidement comment cet ustensile peut vibrer ainsi, lorsque je me rappelle que c'est moi qui le tiens. Lentement, je le dépose sur la table et ramène ma main sur ma cuisse. Mes doigts tremblent sur mon pantalon, comme un petit animal affolé.

— Pas de témoin, conclut mon père en refermant le journal. Ce garage-là est au milieu d'un rang désert. J'ai bien l'impression qu'ils poigneront jamais le gars.

Ma mère secoue la tête. Quelle terrible histoire ! Elle se tourne vers moi pour me prendre à témoin puis fronce les sourcils d'inquiétude.

— Qu'est-ce que t'as, Étienne ? T'es blanc comme un drap !

— J'ai mal au ventre. Je pense que je vais aller aux toilettes.

Le calme de mon ton m'étonne moi-même, mais le décor vacille légèrement tandis que je marche vers la salle de bain. Aussitôt la porte refermée derrière moi, je m'appuie le dos contre le mur en soupirant.

Alex qui sort du garage, les mains mouillées… qui s'assoit dans la voiture, à mes côtés… son visage calme… sa voix sans expression qui me dit : «Ils font pas de réparation…»

Ses mains mouillées…

Je ressens un vague vertige et m'assois sur la toilette, la respiration saccadée. Voyons, je me fais sûrement des idées ! La coïncidence est plutôt morbide, c'est vrai, mais de là à… Non, cette image d'Alex en train de frapper à mort deux hommes avec un guidon en métal est incongrue, grotesque.

Et ses mains mouillées ? Son attitude étrange, quand il est revenu dans la voiture ?

Je me frotte furieusement le visage. Il faut que je sorte d'ici. Je ne vais quand même pas passer la soirée dans cette salle de bain !

Je me lève enfin, très lentement ; mes jambes ne sont plus que deux minces bâtons qui peuvent craquer à tout moment. Je scrute longuement mon reflet dans le miroir. Maintenant, j'ai vraiment l'air malade.

Et je fais quoi, maintenant ?

Appeler la police.

Pour leur dire quoi ? Que je crois connaître l'assassin ? Que c'est moi qui lui ai donné un *lift* jusqu'au garage et que lui, pendant que j'attendais dans la voiture, cassait le crâne aux deux garagistes ?

Oui, pourquoi pas ? C'est la vérité, non ? Je n'ai rien fait, moi, après tout.

Et si Alex est innocent ?

Hé bien, on le relâchera, c'est tout !

Car il y a encore une partie de moi qui refuse de croire à cette horreur, qui trouve cette histoire insensée.

J'ouvre le robinet et me passe de l'eau sur le visage. Il faut que j'en parle à la police, il n'y a pas à revenir là-dessus. Mais l'idée d'aller au poste de Drummondville, de raconter tout ça dans un bureau froid, à des flics qui vont me regarder avec soupçon, qui vont me demander : « Et vous, dans la voiture, vous l'attendiez, tout bonnement ? », tout ça ne m'emballe guère.

Ai-je le choix ? Non... Non, pas vraiment.

J'examine mon visage dégoulinant d'eau et il me vient une idée : c'est à Louis que je vais d'abord en parler. Mon meilleur ami est policier, je serais fou de ne pas en profiter. Il travaille à Montréal, mais peu importe. Lui, il saura quoi faire, il appellera les bonnes personnes, il saura aussi me défendre en cas de soupçon… Oui, voilà, j'en parle à Louis, et ce, dès mon arrivée à Montréal !

Tout à coup, je me sens mieux. Pas tout à fait bien, mais mieux. En tout cas, je respire normalement. Je sors enfin de la salle de bain,

Je rassure mes parents : j'ai failli être malade, mais maintenant ça va. Sauf que je n'ai plus faim, je vais donc partir. Non, merci, je n'ai pas envie de faire une sieste, je veux rentrer au plus vite. Ça va aller, je vous assure, papa et maman, faites-moi confiance, allons, je n'ai plus dix ans… Vingt minutes après, ils me laissent enfin filer.

Dans ma voiture, je me sens d'aplomb. Ma décision de tout raconter à Louis me rassure vraiment. Tandis que je roule sur l'autoroute vingt, je repense à toute cette histoire, avec calme et objectivité.

Et une seule conclusion s'impose : Alex est le tueur. Aussi dément que cela puisse paraître. Il ne peut pas y avoir de hasard. Simultanément, une autre idée s'impose à moi, encore plus terrifiante : j'ai fait monter un assassin dans ma voiture à trois reprises. Trois fois, un tueur s'est tenu assis à mes côtés et nous avons ri ensemble.

Trois fois, il aurait pu me tuer.

Ma tête se met à tourner légèrement.

Alex avait-il déjà tué avant ? Ces deux garagistes étaient-ils les premiers ?

Peu importe ! Je l'ai fait monter trois fois, et…

Je réalise alors que d'ici sept ou huit minutes, il sera là, à la sortie de Saint-Eugène, le pouce levé, à m'attendre.

À m'attendre, moi.

Ma bouche devient complètement sèche. Mais je suis parti un peu plus tôt que d'habitude, aujourd'hui, non ? Je regarde ma montre : oui, quelques minutes plus tôt. Alex ne sera sûrement pas encore sur l'autoroute.

Rassuré, je continue donc de rouler.

Lorsque, à moins d'un kilomètre, l'affiche annonçant Saint-Eugène apparaît dans mon champ de vision, je distingue une silhouette débouchant de la sortie, une silhouette qui marche encore. C'est Alex qui vient s'installer à son poste ! Une minute plus tôt, et je serais passé avant son arrivée ! Une forte angoisse se saisit alors de moi, et lorsque je vois la silhouette s'immobiliser et brandir son pouce, l'angoisse devient panique. Je me ressaisis aussitôt : qu'est-ce qui me prend ? C'est un pouce qu'il brandit, pas un revolver ! Je n'ai qu'à ne pas m'arrêter ! Il ne me verra peut-être même pas !

Même si je n'ai aucune voiture devant moi à dépasser, j'appuie sur l'accélérateur et monte jusqu'à cent trente. Alex n'est plus qu'à cent mètres. On dirait qu'il baisse son pouce. Aurait-il reconnu ma voiture de si loin ? Je serre le volant de toutes mes forces, comme si j'avais peur qu'il effectue un virage de sa propre volonté.

Enfin, je dépasse la sortie à toute vitesse. Même si je m'étais juré de ne pas regarder, je ne peux m'empêcher de tourner mes yeux vers lui. Vision rapide de son air ahuri. Il m'a vu, m'a reconnu. Nos regards se croisent même le temps d'un battement de cœur, puis je détourne la tête.

Puis, je regarde dans mon rétroviseur, m'attendant presque à voir Alex me poursuivre en brandissant un guidon de vélo ensanglanté. Mais il est toujours immobile sur l'accotement et, les deux mains sur les hanches, regarde dans ma direction. Il rapetisse, rapetisse… puis disparaît.

Je ne peux m'empêcher de soupirer avec force. Mes mains relâchent leur étreinte sur le volant, mon cœur reprend un rythme normal. Devant moi, une voiture grossit de plus en plus et je réalise que je roule à presque cent cinquante. Je diminue ma vitesse jusqu'à cent dix et émets un petit ricanement nerveux.

Qu'est-ce que j'avais à être si pressé de le dépasser, si paniqué à l'idée de le croiser ?

Avais-je peur de m'arrêter et de le faire monter malgré tout ?

Ridicule ! Avant qu'Alex Salvail remonte dans ma voiture, je vais avoir écrabouillé toutes les couleuvres de la terre !

Mon ricanement s'arrête brusquement. Qu'est-ce que c'est que cette idée saugrenue ?

J'ai hâte d'arriver à Montréal et d'appeler Louis. Je lui raconterai tout, et ensuite, cette histoire ne me regardera plus. Ce sera du passé.

J'imagine déjà Louis me disant avec réprobation : *Tu vois, ce que je t'avais dit sur les auto-stoppeurs ?* Et je l'aurai bien mérité…

◆

J'avais complètement oublié que Louis partait ce matin même à New York pour son congrès de flics. Il m'en avait pourtant parlé, l'autre soir. Et comme il ne revient que vendredi prochain, je ne peux pas attendre si longtemps avant de raconter mon histoire.

Je n'y échapperai pas, je vais devoir prévenir les flics moi-même. Bon. Saint-Nazaire est un village trop petit pour qu'il ait sa propre police. Le poste le plus près est sûrement à Drummondville. Dès lundi, j'y vais et je raconte tout.

Lundi, c'est dans trois jours. C'est loin. Je devrais appeler tout de suite, non ? Non, parce qu'on va vouloir que je descende à Drummondville et que je n'en ai aucune envie. Lundi, ce sera bien assez tôt. Trois jours de plus ou de moins, qu'est-ce que ça change ?

Ça change qu'Alex est en liberté trois jours de plus.

Et alors ? Il ne va quand même pas tuer tous les habitants de Saint-Eugène en trois jours !

En admettant que ce soit lui l'assassin…

Mais oui, c'est lui. Aucun doute là-dessus.

Alors, pourquoi est-ce que je n'appelle pas tout de suite ? Quelle est la vraie raison qui m'empêche de prendre ce criss de téléphone et de prévenir immédiatement les flics, comme tout citoyen responsable le ferait ?

De mauvaise humeur, je vais au frigo me prendre une bière. Je vais à la police lundi matin après mon cours, point final !

Mais, dans ma tête, la voix de ma conscience ne lâche pas prise : *Pourquoi tu repousses ça à plus tard ?*

Je saisis le téléphone et appelle chez Luc et Miriam. Je réussis à me faire inviter à souper et, rassuré, je quitte mon appartement en me jurant d'avoir du plaisir ce soir.

◆

Je roule toujours sur le même petit vélo blanc, dans le même bois sombre, au milieu du même tapis de couleuvres. Elles sont des milliers, cette fois, et recouvrent le sentier à perte de vue.

Là-bas devant, Alex, jeune gamin dans son anorak rouge, fait du pouce.

Mais cette fois je ne m'arrête pas. Je passe devant en pédalant de toutes mes forces. J'éclate ensuite d'un rire victorieux, un rire aigu, juvénile.

Un rire d'enfant.

Mais tout à coup, tandis que je roule toujours, je sens deux bras enserrer ma taille avec force. Alex est assis derrière moi et sa voix susurre tout près de mon oreille :

— Tu peux pas t'empêcher de me faire monter, Étienne. Je suis ton passager, oublie pas.

Non seulement je ne ressens aucune peur, mais je suis finalement content qu'il soit monté. Et je continue à rouler, tandis qu'Alex m'indique où aller. Me guide.

Nous descendons une pente abrupte, la remontons à toute vitesse. Nous roulons à toute allure, j'ai même l'impression que nous volons, les pneus à quelques centimètres du tapis de couleuvres.

— Le clou n'est plus loin, maintenant, murmure Alex tout contre moi. Il est tout près… Tu te souviens du clou, Étienne ?

Nous nous arrêtons bientôt devant un gros peuplier qui longe le sentier. Dans le tronc, un gros clou de neuf pouces est planté. Nous quittons alors le chemin de terre battue pour nous engager dans le bois même, dans la direction qu'indique le clou. Nous roulons entre les arbres, au milieu des hautes herbes et des branches cassées. Je dois pédaler avec plus de force pour me frayer un passage. Et puis, il y a tellement de couleuvres sur le sol que je sens mes roues glisser à tout bout de champ.

Et soudain, devant nous, un énorme buisson apparaît. J'arrête de pédaler et mets un pied par terre. Je sais que c'est juste derrière ce buisson que…

… que…

— On y va, souffle Alex, tout excité.

Cette fois, j'ai peur. Une véritable peur qui me donne mal au ventre. Mais ce n'est pas le Étienne-enfant qui est terrifié, non : c'est le Étienne-rêveur. Le Étienne-enfant, au contraire, veut y aller. A *hâte* d'y aller. Et comme c'est lui qui a le contrôle, je me remets à pédaler, approche du buisson, le contourne et…

Je me réveille en sursaut, me redresse carrément dans mon lit, impressionné par ce rêve. Je regarde le cadran : trois heures quinze.

Il faut que je me secoue un peu. Je me lève donc et marche vers la salle de bain. L'appartement est si noir, si grand ; pour la première fois depuis long-temps, je pense à Manon.

Je m'humecte le visage. Je tousse et me mouche. Je me sens fiévreux. Hier, en me couchant, je sentais déjà que je couvais quelque chose. Merde ! je me lève dans quelques heures pour aller travailler, ce n'est pas le moment d'avoir un rhume !

De nouveau couché, les yeux au plafond, je repense à mon rêve. Je comprends que dans ce songe je me suis approché de quelque chose de très important, de très intime.

Je me suis approché de mon enfance, du moi que j'ai oublié.

Est-ce pour cette raison que je repousse le moment de dénoncer Alex à la police ? Est-ce qu'inconsciemment je ne suis pas déçu à l'idée de ne plus le revoir parce qu'ainsi je ne saurai jamais quel rôle il a joué dans mon enfance ? Je pourrais interroger mes parents, j'ai maintenant assez de pistes pour leur poser des questions précises ; mais s'ils ne m'en ont jamais parlé jusqu'à maintenant, c'est sûrement parce qu'ils ne savent rien de tout cela.

Je me retourne sur le côté en soupirant. Ai-je vraiment eu comme copain d'enfance un futur assassin ? Cette idée me semble incongrue, presque choquante. Pourtant, son attitude étrange et mes rêves ne laissent presque pas de doute possible : j'ai connu Alex et il est le seul à pouvoir me révéler certaines séquences de mon enfance, des séquences impliquant un vélo, un bois et des couleuvres, des séquences qu'il aurait pu me raconter, que j'aurais pu enfin connaître. Et maintenant, jamais je ne saurai.

Rien ne m'empêche de parler d'Alex à mes parents. On ne sait jamais. Une fois que j'aurai prévenu la police et que tout sera réglé, je leur poserai des questions sur lui… Rien à perdre.

Les paroles de mon rêve me reviennent à l'esprit.

Tu peux pas t'empêcher de me faire monter, Étienne.

— Mange donc de la marde ! que je grogne dans le silence de ma chambre, en signe de défi.

Je me couche sur le ventre et enfouis mon visage dans l'oreiller.

Je me mets à tousser, la tête douloureuse.

◆

Impossible de me lever. Malade comme un chien. La voix moqueuse de ma conscience me dit que c'est psychosomatique, que ce n'est pas un vrai rhume. Je l'envoie se faire foutre : la morve qui me coule du nez comme d'un robinet, c'est pas de la vraie non plus, je suppose ?

Je passe la journée soit à dormir, soit à regarder la télé. Même pas capable de corriger les travaux de mes étudiants. Une ou deux fois, l'idée d'appeler la police de Drummondville me traverse l'esprit, mais je la repousse. Demain, je quitterai Montréal plus tôt, ça me laissera le temps de tout aller raconter.

Mais le lendemain, mardi sept novembre, je me rends compte qu'en prenant toute une journée de congé la veille, je me suis mis en retard dans mes corrections. Je me mets donc au boulot et, comme je ne suis pas complètement rétabli, je travaille plus lentement. Je termine donc vers seize heures trente. Je suis si fatigué que je vais me coucher un peu et me réveille vers dix-huit heures trente. Tant pis, je préviendrai la police demain après mon cours.

Et la voix de ma conscience qui n'arrête pas de se fendre la gueule... *Fuck!* Si Louis avait été en ville, tout serait déjà fini !

Pour être sûr de ne pas tomber sur Alex en train de faire du stop, je quitte Montréal plus tard que d'habitude, vers vingt heures. Impossible qu'il soit là à pareille heure.

Durant une bonne partie du trajet, j'écoute la radio en m'efforçant de ne penser à rien, jusqu'au moment où je croise le panneau indiquant la sortie prochaine de Saint-Valérien. Le cadran de ma voiture affiche presque vingt et une heures. Parfait.

Je roule en toute quiétude. À trois cents mètres devant moi, je vois la sortie de Saint-Valérien... et je sens mon sang se figer dans mes veines. Je me dirige vers l'accotement de l'autoroute et freine rapidement.

Là-bas, sous le lampadaire, une silhouette se tient immobile, le pouce levé.

Je ferme la radio qui joue à tue-tête et, incrédule, fixe Alex, immobile, tranquille. Mais qu'est-ce qu'il fout là à cette heure? Il aurait dû être pris depuis longtemps, il a dit qu'il n'attendait jamais plus que quinze ou vingt minutes!

Des voitures me croisent, dépassent la silhouette imperturbable.

Il m'attend. C'est ça! Il savait que j'allais venir, et il a préféré m'attendre! Je me rends compte que je transpire.

C'est insensé! S'il m'attendait, il ne brandirait pas son pouce ainsi. De toute façon, je n'ai qu'à passer tout droit, comme vendredi dernier.

Pourtant, mon pied demeure sur le frein.

Je donne un coup rageur sur mon volant. Est-ce que je suis en train de perdre la tête? Est-ce que je veux *savoir* au point de faire monter un assassin dans ma voiture, au point de risquer ma vie?

Certainement pas!

Je suis donc sur le point de lever mon pied de la pédale de frein lorsque je vois la silhouette baisser son pouce. Elle semble tout à coup regarder dans ma direction.

Il m'a vu. Il m'a reconnu.

Pas à cette distance, pas dans cette noirceur! Et pourtant, il se met en marche vers moi, d'un pas rapide. Mon cœur se met à battre à toute vitesse.

Et moi, je ne bouge pas, je reste là, figé, terrifié, et je ne pars pas, je n'arrive pas à partir, bordel! parce qu'une partie de moi veut savoir, a *besoin* de savoir, de connaître, de se rappeler ce qu'il y a... ce qu'il y *avait* dans ce bois, derrière ce buisson...

La silhouette est tout près, elle entre dans la lumière de mes phares, je commence à distinguer sa tête, son manteau gris...

Je pousse un cri rauque. J'écrase l'accélérateur et ma voiture bondit en poussant un miaulement réprobateur.

Son manteau *gris*?

Tout en passant à côté de l'auto-stoppeur, je lui jette un coup d'œil, bref mais suffisant pour m'assurer que ce n'est pas Alex. L'inconnu écarquille des yeux perplexes en me voyant fuir ainsi, puis est rapidement avalé par les ténèbres.

Je suis de retour sur l'autoroute. Je devrais me sentir rassuré. Pourtant, je suis mécontent. Vaguement inquiet, même. Ma réaction ne m'a pas plu. Pas du tout.

Demain, après mon cours, je file au poste de police.

◆

Cette nuit-là, le rêve revient.

Alex est déjà assis derrière moi, me tient par la taille. Nous trouvons l'arbre avec le clou et nous

nous enfonçons dans le bois, entre les arbres. C'est toujours difficile à cause des hautes herbes, mais moins que dans le rêve précédent, comme si cela faisait plusieurs fois que je passais par là.

Et toujours ces milliers de couleuvres, sur le sol, gluantes et enchevêtrées.

— Tu vois ben que tu m'as encore fait monter, murmure la voix juvénile d'Alex dans mon oreille.

Nous arrivons devant le grand buisson et nous nous immobilisons.

Le silence est complet, à l'exception du glissement des couleuvres. Alex descend du vélo et marche vers le buisson. Il s'arrête tout près et se tourne vers moi. Il n'a que huit ans, mais je le reconnais sans peine : ses yeux noirs pétillants, ses cheveux frisés, son large sourire.

Sauf que ses dents sont croches.

— T'as besoin de moi pour voir ce qu'il y a derrière le buisson, Étienne... Sans moi, tu le sauras jamais...

Il me fait signe d'approcher. Je laisse tomber mon vélo et marche vers lui. Comme l'autre nuit, le Étienne-rêveur éprouve une angoisse mordante, mais le Étienne-enfant avance avec assurance. Des couleuvres s'aplatissent sous mes pieds, leurs glissements deviennent assourdissants. Et Alex, de son sourire tordu, me regarde approcher, en approuvant de la tête.

Je commence à contourner le buisson. Une voix hurle dans ma tête, dans la tête du rêveur.

Une pierre... J'entrevois une grande pierre plate...

Et, bien sûr, je me réveille.

Je donne un coup de poing frustré dans mon oreiller, me lève d'un bond et commence à faire les cent pas dans la chambre, furibond. Tout cela est en train de devenir une obsession malsaine ! Je finis par m'asseoir sur mon lit en soupirant.

Aussitôt, de la pièce voisine, la voix de ma mère s'élève, inquiète : ça va ? Qu'est-ce que j'ai à marcher comme ça, dans la chambre ? J'ai soudain envie de courir dans leur chambre pour demander à mes parents qui est Alex Salvail, s'ils se souviennent de lui. Mais je vais être obligé de tout raconter, ils vont paniquer, ils vont vouloir savoir pourquoi je n'ai pas tout de suite appelé la police, etc. Non, je vais leur poser ces questions seulement après avoir prévenu la police. Ça va m'obliger à le faire une fois pour toutes, dès demain, après mon cours !

Je me contente de rassurer ma mère.

◆

Je donne mon cours plutôt mécaniquement. À un moment, j'explique pourquoi le personnage de telle nouvelle est fasciné par l'horreur.

— Cela est tout à fait normal. Si on y pense deux secondes, on se rend compte que c'est comme ça dans la vie. Qui ne s'arrête pas devant un accident de voiture ? Qui n'est pas rivé à la télévision lorsqu'on y montre des reportages sanglants ? L'horreur est fascinante, parce qu'on se demande jusqu'où elle peut aller. Plus encore : on se demande jusqu'où notre propre curiosité peut nous amener.

Je m'arrête, songeur. Je dois demeurer ainsi un bon moment car un étudiant finit par me demander si je vais bien. Je le rassure et poursuis mon cours.

Au département, Marie-Hélène est là. Souriante, elle me demande si je veux aller dîner avec elle. Je devrais dire non, pour aller au poste de police au plus vite, mais je ne peux rater une telle occasion. J'irai donc au poste de police après le dîner.

Pendant le repas, je suis absent, j'entretiens peu la conversation. Marie-Hélène semble s'en rendre compte. Perplexe, elle fait de grands efforts, mais je ne l'aide pas beaucoup.

Je n'arrête pas de penser au buisson. Ce buisson derrière lequel il s'est passé des choses que je ne me rappelle pas, des choses qui ne me reviendront jamais à la mémoire…

Ce buisson, dans un bois… Sûrement le bois au bout de la rue où habitent mes parents…

Et soudain, une idée si flagrante, si évidente que je me demande comment je n'y ai pas songé plus tôt, me frappe de plein fouet. Du coup, j'ai tellement hâte de la mettre en pratique que je précipite le repas et prends rapidement congé de Marie-Hélène, qui semble bien dépitée. Je me promets de me reprendre la prochaine fois.

Je monte dans ma voiture, mais je ne roule pas vers le poste de police.

◆

Je suis au bout de la rue des Plaines. Il y a une pancarte jaune sur laquelle est écrit «FIN». De l'autre côté, un vaste bois s'étend à perte de vue, dans lequel ont joué et jouent encore des générations d'enfants. Un bois dans lequel j'ai sûrement joué moi-même, mais à des jeux dont je ne garde aucun souvenir. Mes parents m'ont déjà dit que j'y étais allé quelques fois, enfant…

Appuyé contre ma voiture, les bras croisés, je fixe les arbres devant moi. Alors quoi ? Je vais me mettre à la recherche d'un gros buisson ? Un buisson de quoi, d'abord ?

Je fais quelques pas en remontant le col de mon manteau, regrettant de ne pas avoir de gants avec moi. Je longe les premiers arbres, comme si je cherchais quelque chose.

Je le trouve enfin. Le petit sentier de terre battue qui s'ouvre entre les arbres et s'enfonce dans le bois.

Je me retourne vers la rue. Au loin, une femme sort de sa maison et marche sur le trottoir, dans la direction opposée. Je me décide enfin et m'engage dans le sentier.

Les arbres, complètement dépourvus de feuilles, sont immenses, imposants. Le sentier est sinueux, mais sans embranchements. J'essaie de me rappeler s'il est comme celui de mes rêves… mais tous les sentiers de bois se ressemblent. Tout de même, je cherche un signe particulier qui déclencherait un souvenir, provoquerait une réminiscence…

Le sentier devient alors une pente qui descend sur trois ou quatre mètres et remonte aussitôt.

La pente de mes rêves. J'en mettrais ma main au feu. Cette pente que je dévalais quand j'avais… Quelque chose bouillonne dans ma tête, sur le point d'éclater, de se déchirer. Mais *ça* demeure stable. *Ça* bouillonne, c'est tout.

Je descends la pente. Comme elle est assez raide, je n'ai d'autre possibilité que de courir, et je

la remonte de la même manière. Le sentier redevient plat et je poursuis mon chemin d'un pas plus
rapide. Car ce décor, même s'il ressemble à toutes
les forêts du monde, n'est plus anonyme.

Et tout à coup, après cinq minutes de marche, je
le vois. J'avais une chance sur mille de le retrouver,
mais ce petit miracle ne m'étonne pas.

Le gros peuplier est devant moi. Le clou, maintenant complètement rouillé, est planté dans le
tronc à environ un mètre du sol.

À peu près la hauteur d'un enfant de huit ans.

Je tourne la tête vers le bois dénudé par l'automne, dans la direction indiquée par le clou. Puis,
je commence à m'enfoncer entre les arbres et les
branches mortes.

Mais je m'arrête aussitôt. Une sourde angoisse
s'est abattue sur moi, sans avertissement, sans tran-
sition. Pourtant, je veux continuer. Quelque part par
là, entre ces arbres, se cache une partie de moi, que
je vais enfin découvrir. Qu'est-ce que j'attends pour
y aller ?

Je ne peux pas y aller seul. J'ai besoin de mon
passager. De mon guide.

Cette soudaine conviction est si aberrante que je
veux rire, mais aucun son ne sort de ma bouche
sèche, car l'angoisse s'est muée en peur, une peur
vague mais sournoise, qui s'insinue dans mes
membres, qui glisse…

Qui rampe…

… à mes pieds…

Je baisse la tête. Au milieu des feuilles mortes,
une couleuvre zigzague entre mes souliers, en tirant
sa langue fourchue, narquoise.

Je pousse un petit cri et bondis vers l'arrière. Je me mets alors à courir sur le sentier pour revenir sur mes pas. Je cours à perdre haleine, affolé par je ne sais quelle menace irrationnelle. Je dévale la pente, manque tomber, la remonte et, une minute plus tard, dépasse enfin la pancarte FIN pour me retrouver dans la rue des Plaines.

Appuyé contre le capot de ma voiture, je reprends mon souffle. Je ne dois pas avoir couru comme ça depuis quinze ans! Je me retourne vers le bois paisible et inoffensif. Qu'est-ce qui m'a pris? Pourquoi une telle panique? Pour une simple couleuvre! D'ailleurs, qu'est-ce qu'une couleuvre fout dans un bois en plein mois de novembre?

Je continue à fixer les arbres, le sentier. J'ai découvert aujourd'hui que ce bois est lié à mon enfance oubliée. Enfance qui, peu à peu, ressurgit dans mes rêves. Et tout cela au moment même où Alex apparaît dans ma vie. Ou plutôt: *revient* dans ma vie.

Si Alex a contribué à ce processus mental inconscient, il est donc essentiel à la suite de ma quête. Sans lui, je n'avancerai plus.

Et ce cul-de-sac m'apparaît inconcevable.

Je me frotte le front. Je ne vais quand même pas faire monter Alex de nouveau avec moi! C'est un assassin, pour l'amour du Ciel! Pourtant, je suis convaincu qu'il ne me tuera pas. Pas moi. Il est mon passager, et un passager a besoin de son conducteur. C'est grotesque, ça n'a rien de logique, mais pour moi, c'est une conviction profonde.

Je ferme les yeux. Inutile de me jouer la comédie plus longtemps. Je sais que c'est insensé et irres-

ponsable, mais je n'irai pas prévenir la police. En
tout cas, pas tout de suite. Il faut que je voie Alex.

Une dernière fois.

Après, oui, j'irai voir les flics.

Après.

◆

Vendredi.

Après mon cours, je mange au département,
mais sans parler vraiment avec les collègues. Je suis
trop nerveux. Je remarque à peine Marie-Hélène,
qui semble déconcertée par mon comportement.

À treize heures cinq, tandis que ma voiture
s'engage sur l'autoroute vingt, j'essaie de ne pas
anticiper ce qui va se passer dans quelques minutes, mais ma nervosité ne diminue pas pour autant.
Lorsque je croise la pancarte annonçant la prochaine sortie pour Saint-Eugène, je me dis qu'il ne
sera peut-être pas là, qu'une autre voiture l'aura
pris avant moi aujourd'hui. Cette éventualité, qui
m'aurait rassuré la semaine dernière, me noue aujourd'hui la gorge d'angoisse.

Mais non, il est là, son pouce toujours levé à la
hauteur des hanches.

Ébranlé par un sursaut de bon sens, je m'apprête à accélérer, mais au lieu d'enfoncer la pédale,
mon pied se soulève lentement et ma voiture commence à ralentir. Une fois arrêté sur l'accotement,
je regarde dans mon rétroviseur. L'auto-stoppeur
approche, sans se presser. Je ferme les yeux. J'entends la portière s'ouvrir, puis se refermer. Enfin,
la voix amusée de mon passager :

— Alors, Firmin, on a pris un petit congé sans prévenir ?

Voix joviale, sympathique. Comme je l'aime.

Comme je l'*aimais*.

J'ouvre les yeux. Alex est assis à la place du passager, souriant. Mais son regard grave me démontre qu'il a compris ce qui se passe. En moi, la nervosité grimpe de plusieurs échelons.

— Alex…

— Sur la route.

Il n'est pas trop tard pour lui hurler de sortir.

Je démarre.

Nous roulons en silence pendant une longue minute. Tout cela me paraît irréel. Même la route devant moi ressemble à une bandelette sans fin et hypnotique.

Et tout à coup, la voix égale, j'articule :

— Tu les as tués, n'est-ce pas ?

Il ne dit rien pendant un moment et je n'ose pas le regarder. Il répond enfin doucement :

— C'est drôle, mais j'ai l'impression que c'est pas vraiment pour savoir ça que tu m'as fait monter…

Nouveau silence. Je m'humecte les lèvres longuement, comme si je voulais les essuyer d'une substance persistante, avant de lâcher :

— On se connaît, tous les deux.

— C'est une question ou une affirmation ?

Et tout à coup, la nervosité en moi disparaît presque totalement, comme un malade qui apprend que sa maladie n'est pas si grave et qui peut maintenant écouter les explications du médecin en toute quiétude.

— On s'est connus à quel âge ?

Je connais la réponse, mais je veux l'entendre de sa bouche. Il ne répond pas.

— On avait quel âge, Alex ?

Je sens son regard sur moi, puis il dit enfin :

— Tu te souviens vraiment pas ?

— J'ai oublié les huit premières années de ma vie. Un stupide coup sur la tête.

— Un coup sur la tête !

Il rit. Je le regarde enfin. Il se caresse doucement le cou, puis marmonne :

— C'est pas pire, comme explication…

— Qu'est-ce que tu veux insinuer ?

Il indique un panneau que nous croisons : Saint-Nazaire, 1 km.

— On retourne au garage, dit-il.

— Quoi ?

— Si tu veux tout savoir, on retourne là-bas.

— Tu es mal placé pour donner des ordres ! Tu vas me dire tout de suite ce que je veux savoir, sinon je vais tout raconter à la police !

Je regrette aussitôt cette réaction imprudente : ai-je donc oublié que cet homme est un assassin ?

Un assassin que, cette fois, j'ai volontairement fait monter dans ma voiture, en toute connaissance de cause…

La voix d'Alex, cependant, demeure calme et assurée :

— Si tu voulais vraiment prévenir la police, tu l'aurais déjà fait.

Nous nous dévisageons un bref moment. Son regard sombre ne bronche pas.

— Réfléchis vite, on va passer tout droit.

La sortie de Saint-Nazaire est tout près. Ça va trop vite dans ma tête. Je ne vais quand même pas retourner là-bas, je n'ai pas perdu la raison à ce point ! Mais je sais, je *sens* qu'Alex ne me dira rien si nous n'y retournons pas.

À la dernière seconde, je donne un coup de volant et m'engage dans la sortie, les dents serrées.

Jusqu'au feu clignotant, nous ne disons mot. Je suis trop bouleversé par mes agissements, par ce que je suis en train de faire. Attends, Alex, attends un peu ! Quand tu m'auras dit tout ce que je veux savoir, je vais foncer au premier poste de police et tu seras arrêté avant même la fin de la journée !

Car Alex ne me fera rien, à moi. Je le sais, je le sens.

Au feu, j'arrête la voiture et tente tout de même de faire entendre raison à mon passager : retourner à ce garage est dangereux. Alex me dit que je me fais du mauvais sang pour rien. Le garage est isolé, il n'y a presque pas de voitures qui passent sur cette route, la ferme la plus près est à un demi-kilomètre...

— Mais pourquoi tu veux aller là ? Pourquoi tu...

— Au garage, Étienne, me coupe-t-il, imperturbable.

— Tu me diras pas quoi faire certain ! que j'objecte dans un nouveau sursaut de révolte.

Doucement, sur le ton d'un père sûr de son autorité, il réplique d'une voix mielleuse :

— Oh oui ! je vais te dire quoi faire. C'était comme ça quand on avait huit ans, pis ça changera pas aujourd'hui.

Je demeure silencieux un bon moment.

— J'avais donc raison... On était amis quand j'avais huit ans... On jouait ensemble... Dans le bois, hein, Alex ? Dans le bois de la rue des Plaines...

Il reporte son attention devant lui.

— Au garage.

Long moment d'inertie, de flottement. Puis, je m'engage sur le rang désert.

Même en plein jour, la route me fait une impression désagréable. Aussi désertique qu'en pleine nuit. Deux fermes seulement en trois ou quatre kilomètres. Nous ne croisons aucune voiture.

Nous arrivons au garage. Sous le soleil, les carcasses de voitures qui entourent le bâtiment n'ont plus cet aspect menaçant qu'elles affichaient la nuit. Je m'engage dans la cour et arrête le moteur. En fait, le garage n'a plus rien d'inquiétant, il ressemble à ce qu'il est : une baraque déglinguée où l'on vend de vieux morceaux de ferraille...

... dans laquelle deux hommes ont été tués, pendant que moi, à l'extérieur, j'attendais.

Et l'assassin est assis à mes côtés.

Mon Dieu, qu'est-ce que je suis venu faire ici? Dans quelle galère me suis-je embarqué?

— Bon, on va dans le garage, déclare Alex.

Je soupire. Il est vraiment dingue s'il pense que je vais faire ça. Je lui réponds que c'est hors de question.

— Alors, tu sauras rien. Jamais.

— Va chier! Je vais demander à mes parents et ils vont tout me dire!

— Tes parents! Tu penses pas que s'ils avaient voulu te parler de moi, ils l'auraient déjà fait? Ils aiment ben mieux te faire croire que t'as eu un coup sur la tête qui t'a tout fait oublier! Ça fait tellement leur affaire que tu te rappelles rien! Pis ils savent pas tout, tes chers parents! Ils étaient pas avec nous, dans le bois...

Il approche son visage et je ne peux m'empêcher de reculer légèrement le mien. Tandis qu'il parle, je vois ses broches étinceler entre ses lèvres.

— Y a juste moi qui peux t'aider à te rappeler, Étienne. Juste moi.

Et il me fait ce petit geste curieux qui, cette fois, me fout la frousse : il pointe son doigt sur son front, puis vient le poser sur le mien. Geste qui, de nouveau, provoque ce lointain écho dans ma tête, comme le souvenir d'un souvenir.

— Mais pourquoi entrer dans le garage ? que je proteste lamentablement. Pourquoi revenir ici ? Et pourquoi… pourquoi m'as-tu amené ici dès la première fois, l'autre soir ? Pourquoi ?

— Pourquoi, tu penses ? Pourquoi juste le fait de rouler dans ce rang te rend mal à l'aise ? Pourquoi cette baraque t'a rendu tellement tout croche, l'autre soir, que t'en as été presque malade ?

Il fait un petit signe entendu.

— Tu dois ben te douter que cet endroit a quelque chose à voir avec nous…

— De quoi tu parles ?

— Dans le garage, répète-t-il patiemment, pour la énième fois.

Je ferme les yeux un court moment. Il me tient. Le salaud me tient, et ce, de mon plein gré.

Résigné, je sors de la voiture.

La température est douce aujourd'hui, par contraste avec les dernières journées plutôt glaciales. Derrière le garage, à environ deux cents mètres, la forêt semble plus près qu'en pleine nuit. Sur le côté du bâtiment, on a planté une pancarte « À VENDRE » avec un numéro de téléphone

inscrit en plus petit. Je m'attendais à voir des ban-
nières jaunes sur la porte, du genre «NE PAS
PASSER, ENQUÊTE POLICIÈRE», mais il n'y a
rien de tel. J'imagine qu'en une semaine les flics
ont pris tout ce qu'ils avaient à prendre, c'est-
à-dire pas grand-chose.

Je me tourne vers Alex, inquiet. Ce dernier est
sorti de la voiture et m'indique de la main la porte
du garage, l'air de dire : «Après vous, monsieur.»
Je fais quelques pas, mais à un bruit de moteur sur
la route, je me retourne nerveusement. J'ai tout
juste le temps de voir passer une voiture à toute
vitesse. Le chauffeur nous a-t-il remarqués? Va-t-il
aller raconter au village qu'il a vu deux individus
au garage de Lafond, «vous savez, là où il y a eu
ces deux horribles meurtres?» Comme s'il avait lu
dans mes pensées, Alex me lance :

— S'il nous a vus, il va juste croire qu'on est deux
clients de Lafond qui sont pas encore au courant de
l'histoire, c'est tout.

Malgré ma nervosité qui grandit de nouveau, je
me remets en marche vers la porte, dépassant au
passage deux vestiges d'automobiles, un vieux
vélo à moitié camouflé par les hautes herbes et
quelques restes d'une vieille moto. J'essaie d'ouvrir la porte. Verrouillée, comme je m'y attendais.
Je ne peux m'empêcher de soupirer de soulagement.
J'explique la situation à Alex, qui hausse les épaules.

— C'est pas grave, on a la clé.

— La clé?

Toujours debout près de ma voiture, les mains
dans les poches de son anorak rouge, il me dit de
venir jeter un coup d'œil sous la banquette du passager. Peu rassuré mais intrigué, je retourne à ma

voiture et me penche sous la banquette : je découvre une clé graisseuse.

— C'est moi qui l'ai mise là, l'autre soir, explique Alex. Quand je suis revenu dans le char, tu te souviens ?

Je regarde la clé avec scepticisme. Est-il sûr qu'il s'agit de la bonne clé ? Il s'imagine que oui. Elle était accrochée à un clou, juste à côté de la porte.

— Pourquoi tu l'as prise avec toi ?

Il ne répond pas, mais je n'ai pas besoin d'explications : il savait qu'on reviendrait. Comme il savait qu'en lisant les journaux je comprendrais tout. Comme il savait que je ne préviendrais pas la police. Comme il savait que je le reprendrais sur la route.

Tu peux pas t'empêcher de me faire monter, Étienne. Je suis ton passager, oublie pas.

Je retourne à la porte du garage, les jambes engourdies. C'est la bonne clé. La porte s'ouvre sans aucune résistance. Courte seconde durant laquelle je pense à fuir. Puis, j'entre.

Aucune lumière n'est allumée, mais celle qui provient des fenêtres est suffisante pour me permettre de reconnaître le décor. Même voiture éventrée. Mêmes étagères recouvertes de vieux morceaux divers. Même bureau, même lavabo.

Lavabo où Alex s'est lavé les mains après avoir…

Je cherche des traces de violence, mais n'en trouve aucune. Par contre, sur le bureau, le robinet et quelques autres endroits, je discerne de la poudre blanche, qui a sûrement permis aux policiers de relever des empreintes.

Je me demande où, exactement, gisaient les deux corps lors de leur découverte, mais contrairement à ce que l'on voit dans les films, aucune silhouette n'est dessinée à la craie sur le sol. Louis m'a déjà expliqué que, dans la réalité, on faisait rarement ce genre de chose. Par contre, parmi les flaques d'huile séchées, deux taches sombres me semblent plus récentes que les autres.

Je me passe la main dans les cheveux. Pourquoi penser à de tels détails morbides ?

J'entends des pas derrière moi et, pendant une seconde, je me dis que je suis tombé dans un piège grossier, qu'Alex m'a amené ici pour me tuer à mon tour. Je me retourne d'un seul mouvement, sur le qui-vive. Mais la vue de mon passager immobile dans le garage, les mains dans les poches, me rassure. D'ailleurs, il a laissé la porte ouverte derrière lui, ce qu'il n'aurait pas fait s'il avait voulu me tuer.

Mais il ne veut pas me tuer, je l'ai compris depuis un bon moment ! Il veut… quoi, au juste ?

Nous nous regardons un instant. Dans ce décor de ferraille, de métal et de béton, Alex me semble particulièrement lugubre. Il se tient tout près de ce treuil immense fixé au sol, avec ses deux longues chaînes traînant sur le plancher.

— Pourquoi tu les as tués, Alex ?

Qu'est-ce qui me prend de lui poser cette question ? Je l'ai amené ici pour en apprendre plus sur mon enfance, pas pour connaître ses motivations d'assassin ! Ou alors, peut-être que cette question n'est pas si éloignée de mes intentions premières…

Alex ne bouge toujours pas, mais une satisfaction certaine traverse son regard.

— Pour continuer le jeu, Étienne.

— Le jeu ?

— Notre jeu.

L'écho revient dans ma tête. Merde ! ce n'est plus un crâne, c'est une caverne !

— On avait notre jeu à nous, Étienne. Semblable à ceux que tes étudiants te racontaient, l'autre jour, dans ton cours… Mais le nôtre allait un peu plus loin. Pas beaucoup, mais un peu.

Mes muscles sont tendus à claquer. Si je bouge, je vais me déchirer un tendon.

— À la fin, par contre, on était rendus… pas mal loin, dit-il avec un léger sourire.

Rapidement, le sourire disparaît et est remplacé par une moue méprisante.

— Mais les adultes sont intervenus, comme toujours, pis le jeu a arrêté. Pis depuis ce temps, j'ai jamais rejoué.

Son regard se perd dans le vide quelques instants, et quand il revient sur moi, il brille de la même satisfaction que tout à l'heure.

— Quand tu m'as dit ton nom, l'autre jour… J'en revenais pas ! Après toutes ces années ! Mais j'ai pas osé te dire qui j'étais. Je voulais que ça te revienne par toi-même.

Sa voix devient plus dure, colérique.

— Mais tes parents ont fait une belle job, on dirait : tu te souviens vraiment de rien. Ils ont tout fait pour que je disparaisse de ta mémoire, pis ils ont réussi. Un enfant de huit ans, ça se conditionne tellement bien, hein ?

Il avance de deux pas vers moi et je ne peux m'empêcher de reculer. Pourtant, j'ai cessé de respirer pour ne perdre aucun mot de ce qu'il raconte.

— Vingt ans plus tard, on se retrouve, Étienne ! Tu imagines ? Vingt ans ! Pis c'est pas un hasard !

Il fallait qu'on continue notre jeu. Et maintenant qu'on est des adultes, on va le pousser plus loin ! C'est ce que j'ai fait l'autre soir : j'ai recommencé le jeu ! Je les ai tués sans toi, sans ton aide, pour que tu apprennes les nouvelles règles ! Pour te guider ! C'est toujours ça que je faisais, non ? C'est pour ça qu'à l'époque tu me prenais comme passager sur ton bicycle ! Pour que je t'apprenne ! Aujourd'hui, c'est pareil, sauf que t'as remplacé ton bicycle par un char, c'est tout !

Il se met carrément en marche vers moi ; je recule à petits pas, terrifié et fasciné.

— L'autre soir, j'ai joué tout seul. Pour te guider. Maintenant...

Il pointe un doigt vers moi.

— Maintenant, tu vas jouer avec moi.

Mon dos rencontre un des poteaux du garage et je ne peux plus reculer. Alex s'arrête à moins d'un mètre de moi. Son regard d'une solennité troublante me perce les pupilles, jusqu'à la douleur physique.

Jouer avec lui !...

— Tu es fou, Alex. Complètement fou.

Il émet un petit gloussement.

— Tu m'as dit la même chose, à l'époque, quand on a commencé. Tu venais d'arriver dans le quartier, pis je t'ai tout de suite choisi. Ç'a pas été long que t'as aimé jouer...

— Mais ce n'est plus pareil ! Quand on était petits, c'étaient juste des couleuvres ! Mais maintenant, tu veux...

Je me tais, subjugué par ce que je viens de dire. Le visage d'Alex s'éclaire et il dresse le menton.

— Tu te souviens, maintenant ? me demande-t-il, la voix fébrile.

Non, je ne me souviens pas ! J'ai dit ça sans réfléchir, comme si cela allait de soi !

L'écho, dans ma tête, rebondit follement.

Alex comprend enfin. Une vague déception crispe sa mâchoire, puis il murmure :

— Ça va te revenir…

Et tout à coup, il tourne les talons et marche vers la sortie. J'en suis si déconcerté que cela me prend quelques secondes avant de réagir. Je lui lance qu'il m'avait promis de tout me dire si je l'amenais ici, mais il ne se retourne même pas.

— Tu m'as pas tout dit ! que je gueule soudain, paniqué à l'idée de ne rien apprendre de plus. Qu'est-ce qu'on faisait, dans le bois, derrière le gros buisson ? Et à la fin ? Qu'est-ce qu'on a fait, à la fin ?

Je crie son nom deux ou trois fois, mais il se contente de sortir, toujours sans refermer la porte.

Je songe alors à aller le rejoindre et à l'obliger à me parler, à me battre avec lui s'il le faut… mais je le vois soudain en train de tuer deux hommes avec un guidon de métal, et je ne bouge pas.

Alors, la rage et la frustration s'emparent de moi. Très bien ! Il a voulu se foutre de ma gueule ? À mon tour, maintenant ! Je me précipite donc vers le bureau et saisis le téléphone, avec l'intention de faire ce que j'aurais dû faire dès le début. De toute façon, si je me fie aux allusions d'Alex, mes parents ont voulu me cacher des choses. Je les affronterai donc. Même s'ils ne savent pas tout, cela sera sûrement suffisant pour remettre en marche ma mémoire.

Et ce psychopathe d'Alex croupira en prison, comme il se doit !

Je suis sur le point de composer le 9-1-1 lorsqu'une voix retentit derrière moi :

— Qu'est-ce que vous faites ici, vous ?

Une décharge électrique ne m'aurait pas saisi autrement. Je raccroche avec tant de force que je casse presque le combiné et me retourne vivement, avec l'impression d'être un enfant pris en flagrant délit de mauvais coup.

Dans l'embrasure de la porte se tient une femme dans la quarantaine, habillée d'un vêtement de jogging coloré. Son regard effronté décuple la panique en moi et je me mets à réfléchir à toute vitesse. Je ne réussis qu'à bredouiller quelques mots incompréhensibles lorsque, malgré elle, la femme me vient en aide :

— Vous êtes un client ?

Je saute sur cette perche. Voilà, je suis un client ! Et je venais justement acheter quelques vieux morceaux, comme je le fais chaque mois, mais je suis tombé sur le garage vide, alors j'ai voulu appeler la police pour leur dire que le garage avait l'air abandonné. La femme m'écoute avec étonnement et me coupe juste au moment où j'étais à court d'inspiration :

— Vous êtes pas au courant ?

Je feins l'incompréhension.

— Monsieur Lafond est mort. Il a été tué la semaine passée, avec son employé.

— Tué ? C'est épouvantable !

— Hé oui ! dit-elle tout simplement en faisant quelques pas à l'intérieur.

Elle ne semble pas du tout intimidée par l'endroit, alors que la plupart des gens seraient impressionnés de se trouver sur les lieux d'un meurtre. Je joue donc le jeu et lui demande ce qui s'est passé.

En quelques mots, elle m'explique ce que je sais déjà et conclut en disant que la police n'a rien trouvé de sérieux. Elle raconte cela avec détachement, comme si elle expliquait à une amie ce qu'elle a fait de sa journée.

— Vous êtes pas du coin, hein ?

Elle me dit ça en se grattant le coude gauche et en me considérant avec curiosité. Il faut que je joue serré.

— Non, je… je suis de Saint-Hyacinthe.

— La porte était pas barrée ?

— Hé bien… non.

Elle me regarde maintenant d'un air dubitatif, tout en grattant cette fois son autre coude. On dirait qu'elle a des puces.

— Ça m'étonne qu'Élise ait oublié de la barrer.

— Élise ?

— La femme de monsieur Lafond. Le garage est maintenant à elle, mais elle veut le vendre. Vous avez pas vu la pancarte ?

Je m'apprête à dire non, mais décide de répondre par l'affirmative. Pas de mensonges inutiles.

— Il paraît que les offres pleuvent pas, ajoute-t-elle en faisant quelques pas sans cesser de se gratter. Ça m'étonne pas. Un garage sur une route aussi perdue, ça doit pas intéresser grand monde…

Elle ne se méfie plus de moi, et je me dis que finalement elle a avalé mon histoire. D'ailleurs, pourquoi je ne lui avoue pas la vérité ? J'avais l'intention d'appeler la police pour tout leur révéler, alors pourquoi cette comédie ?

Je sais pourquoi : à cause d'Alex. Il est encore tout près, juste dehors, sans doute en train d'écouter…

Je ne peux pas mettre la vie de cette femme en danger. D'ailleurs, l'a-t-elle vu, en arrivant? S'est-il caché? Peut-être qu'il est dans la voiture à m'attendre... Je ne peux pas courir de risque. Je regarde vers la porte, nerveux, puis revient à la femme. Maintenant immobile, elle me dévisage sans gêne en se frottant la hanche. Je cherche quelque chose à dire :

— Vous m'avez fait une de ces peurs, tout à l'heure... Je n'ai pas entendu le son de votre voiture...

— Je suis en bicycle! explique-t-elle fièrement. Quinze kilomètres par jour à quarante-sept ans! Jusqu'à temps qu'il neige! Le froid, c'est bon pour les poumons!

Elle se donne une claque sur la poitrine. J'approuve en silence. Drôle de bonne femme. Elle poursuit en disant que la vue de ma voiture et de la porte ouverte du garage l'a intriguée.

— Va falloir que je dise à Élise qu'elle avait oublié de barrer la porte. Pauvre Élise, elle est ben maganée...

Je me sens soudain mal, vaguement coupable.

— Bon, bien... Je vais m'en aller, dis-je bêtement.

— Moi, je vais appeler Élise pour qu'elle vienne barrer la porte.

Et elle se met en marche vers le bureau, comme si elle était chez elle. Si elle appelle la veuve de Lafond, il est vraiment temps que je file. Je bredouille donc un au revoir maladroit et me mets en marche vers la porte. J'entends la femme composer, puis raccrocher en disant :

— Engagé. Je vais attendre un peu.

Et elle regarde autour d'elle, calme, tout en se grattant machinalement le cou. Vraiment tout un numéro...

Dehors, je cherche Alex des yeux et ne le vois pas. Une bicyclette bleue est appuyée contre le mur du garage. Je retourne à ma voiture : vide.

Serait-il reparti à pied ? Sûrement, oui. Il a sûrement compris que j'allais appeler la police et il a préféré se sauver. Hé bien ! s'il croit qu'il va aller loin ! D'ailleurs, avant de retourner à l'autoroute, je file au village et, à la première cabine téléphonique, j'appelle le 9-1-1.

Je démarre la voiture et me mets en marche arrière. Juste avant de m'engager sur la route, je jette un dernier coup d'œil vers le garage. La porte est toujours ouverte... et tout à coup, surgissant de derrière une des épaves qui traîne dans la cour, Alex bondit vers le garage et disparaît à l'intérieur.

J'appuie sur les freins de toutes mes forces. Il s'était donc caché ! Pour attendre que je parte, pour... pour la...

Les roues arrière de ma voiture sont déjà sur la route, mais je la laisse dans cette position et me propulse hors de mon véhicule comme s'il allait exploser d'une seconde à l'autre. Je cours vers le garage mais, à mi-chemin, je trébuche sur un des nombreux morceaux de ferraille qui traînent dans cette foutue cour et tombe par en avant.

Ma tête percute une pierre et je me mets à voir trente-six chandelles. Je veux me relever mais retombe, la tête pleine de couleurs glauques et de sons discordants. Je demeure dans cet état de vertige pendant un temps indéterminé, mais la pensée d'Alex seul avec cette femme dans le garage me tire enfin de mon engourdissement et le garage réapparaît dans mon champ de vision.

Je me relève et titube jusqu'au garage. La porte est maintenant fermée et je tente de l'ouvrir. Rien à faire ! Alex a dû la verrouiller de l'intérieur. Je frappe comme un sourd en criant le nom de mon passager, puis fouille dans mes poches d'une main tremblante. Je trouve enfin la clé, veux l'enfoncer dans la serrure, l'échappe, criss de cave ! la ramasse et, enfin, déverrouille la porte. Sans penser une seconde au risque que je cours moi-même, je bondis à l'intérieur.

Alex est debout près du bureau. Il est calme, mais respire un peu plus vite qu'à l'ordinaire et je crois discerner de la sueur sur son visage. À ses pieds, la femme est étendue. Je marche rapidement vers le corps, animé par le fol espoir qu'il n'est peut-être pas trop tard. Mais en voyant son visage noir, ses yeux exorbités et sa langue pendante, je m'immobilise. Et lorsque je distingue enfin la chaîne graisseuse autour de son cou, c'est mon cœur qui s'arrête, se vide, se déchire.

— L'avantage avec l'étranglement, c'est que c'est propre.

Qui a parlé ? Alex ? À travers le brouillard qui bouche ma vision, je réussis à reconnaître son visage calme tourné vers moi.

— Elle était sur le point d'appeler quelqu'un, mais elle a pas eu le temps. Y a aucun risque !

Et il ajoute, avec une lueur complice dans le regard :

— Aujourd'hui, t'as pas pu jouer avec moi. T'étais pas prêt. Mais la prochaine fois… Oui, sûrement la prochaine fois…

Je sens le plancher disparaître sous mes pieds et recule de quelques pas, mais le sol continue de se dérober, alors je recule plus vite, au pas de course, jusqu'à tourner carrément les talons et à courir vers la sortie. Dehors, je veux atteindre ma voiture, mais un haut-le-cœur me soulève soudain l'estomac, et j'ai tout juste le temps d'aller sur le côté du garage avant de vomir. Deux, trois jets, et entre chaque vomissement, le visage gonflé, affreux de la femme réapparaît. Je m'appuie le dos contre le mur du bâtiment, mes jambes molles ne me soutiennent plus et je me laisse glisser jusqu'au sol. Derrière mes paupières closes, le visage cadavérique refuse de disparaître et je me mets à me frotter le front en gémissant. Mais l'image persiste, j'entends même des râlements, comme si elle se faisait étrangler à nouveau. Je pousse un long cri qui me semble durer une éternité et je me frappe le crâne contre le mur avec force. La douleur me suffoque presque, mais le visage cadavérique disparaît graduellement, comme un dessin à l'encre de chine dans une mare d'eau.

J'ouvre enfin les yeux et réussis à me relever. Aucune trace d'Alex. Il doit être encore à l'intérieur. J'en profite donc pour retourner à ma voiture, le pas chancelant, et, sans un regard vers le garage, démarre à toute vitesse. Une fois sur la route, j'ose enfin un coup d'œil dans le rétroviseur. Derrière, tout est paisible. Mais je sais qu'Alex est à l'intérieur, avec le cadavre.

Qu'y fait-il ?

Je m'efforce de ne pas penser à cela.

Je croise une voiture. Va-t-elle au garage ? Seigneur ! Je deviens complètement parano !

Au feu clignotant, je m'arrête : je tremble trop, je n'arriverai jamais à conduire. Je prends de grandes respirations, mais sans résultat. Je ressens une pression terrible sur mon abdomen, dans ma gorge, comme si je voulais pleurer et que ça ne sortait pas.

Je me remets en route malgré mes tremblements. Sur l'autoroute vingt, je fixe l'asphalte sans vraiment le voir. Je ne vois que la boue dans laquelle je patauge, et je ne vois pas de quelle manière m'en sortir. Comment prévenir la police, maintenant ? Je peux justifier notre première visite au garage, mais pas la seconde !

Complicité involontaire ? Négligence criminelle ? Qu'est-ce que je risque ? Un blâme ? Une amende ? La prison ?

Bon Dieu ! J'ai tué personne, quand même ! C'est pas moi, l'assassin, c'est Alex !

Mais je ne m'en tirerai pas blanc comme neige, je le sais. J'aurais dû prévenir la police dès la semaine dernière, dès que j'ai compris. Je ne l'ai pas fait, et Alex a tué une seconde fois ! Et même si j'explique que je ne l'avais pas compris la première fois, Alex, lui, dira tout. Si les flics me confrontaient avec lui, je craquerais. Je me connais.

Même si je ne fais pas de prison, il y aura des conséquences. Ma réputation, par exemple. Le cégep me garderait-il comme enseignant ? Et mes parents ? Mon Dieu, j'imagine ma mère en pleurs, mon père incrédule. Ils ne comprendraient pas mes agissements, ne comprendraient surtout pas pourquoi je ne leur en ai pas parlé en premier…

Nouveau sursaut de révolte : *fuck!* c'est pas moi qui ai tué cette femme, c'est pas moi !

Non, mais elle est morte par ma faute.

Cette révélation me fait l'effet d'une chute, comme si je tombais du haut d'une falaise sans fin. Mais dans ma tête, le raisonnement se poursuit, cruel, implacable.

Elle est morte parce que je n'ai pas prévenu la police quand j'aurais dû le faire. Elle est morte à cause de ma curiosité égoïste. Elle est morte parce que c'est moi qui ai mis Alex sur son chemin.

Elle est morte par ma faute.

La pression dans ma gorge devient insupportable, étouffante, et je dois m'arrêter sur l'accotement. Une fois ma voiture immobilisée, je pousse un hoquet aigu, puis un autre, et, le visage entre les mains, je me mets à pleurer.

Longuement.

◆

Le week-end est un calvaire.

Je ne sors pas de chez moi. Je demeure assis toute la journée ou je me mets à faire les cent pas. Quelques crises de rage, aussitôt suivies de larmes.

Seigneur ! j'avais trouvé l'emploi idéal, j'avais réussi à me sortir Manon de la tête, je voyais la lumière au bout du tunnel, je commençais à être heureux… et il a fallu que je retrouve un ami d'enfance psychopathe que je n'ai pas vu depuis vingt ans ! Une chance sur un million que je tombe sur lui, câlice ! une sur un million !

Je frappe dans mon armoire de cuisine. Trois verres tombent et se cassent. J'en prends un quatrième et le lance sur le mur.

Le téléphone sonne plusieurs fois, mais je ne réponds pas. Sur le répondeur, j'entends la voix de Louis. Il m'explique qu'il est revenu de New York et qu'il voudrait bien prendre une bière avec un « vrai Québécois qui est capable de boire sans vouloir absolument se battre ». Folle envie de répondre, mais je me retiens.

Car tout raconter à Louis reviendrait au même que tout dire à la police. Louis est un ami, oui, le meilleur. Mais il est aussi flic.

Mais il *faut* que je raconte tout à la police ! Sinon je suis un lâche ! Le pire des lâches !

Alors, je me vois chez les flics. L'air étonné de l'inspecteur. L'interrogatoire. Le procès. Puis les accusations que l'on porte contre moi, à cause de mon silence, de ma participation indirecte au dernier meurtre. Je vois mes parents, l'incompréhension, la foule, les journaux, ma réputation qui s'envole... Est-ce si lâche de vouloir éviter tout cela ?

Mais l'éviter à quel prix ?

Ces longues journées de torture mentale sont coupées par trois nuits de mauvais sommeil, durant lesquelles, évidemment, je refais le même rêve : j'ai huit ans, je roule en vélo dans le bois avec Alex derrière moi, on descend la pente, on découvre le peuplier avec le clou, on quitte le sentier, on découvre le grand buisson, on le contourne... et je me réveille.

Et le calvaire reprend.

◆

Lundi matin, je donne un cours abominable.

Presque en grognant, j'annonce à mes étudiants que nous ne parlerons plus de l'enfance dans le fantastique. Les étudiants s'étonnent. Certains me rappellent que j'avais pourtant dit qu'il s'agirait du thème de la session, d'autres font remarquer que nous n'avons pas terminé les nouvelles œuvres mises au programme. Je frappe sur mon bureau, agacé.

— Heille ! c'est moi le prof, pis j'ai décidé qu'on ne parlait plus de l'enfance ! Un point c'est tout ! C'est clair, ça ?

Un silence glacial tombe dans la pièce et une trentaine de regards noirs me fusillent simultanément. Plus calme, j'annonce qu'ils doivent lire *Dracula* et qu'il y aura un test de lecture dans deux semaines. Mais à l'ambiance de la classe, je comprends que je viens de perdre l'estime de mes étudiants, et ce, pour tout le reste de la session. Je m'en contrefous. D'ailleurs, je risque de ne pas la terminer avec eux, cette session, alors...

Au département, je mange silencieusement en lisant le *Voltigeur*, qui paraît toujours le lundi. Je cherche une nouvelle en particulier, et chaque fois qu'un prof veut me parler, je réponds par des monosyllabes. Marie-Hélène essaie d'attirer mon attention, mais je me contente de lui rétorquer froidement que je suis occupé. Du coin de l'œil, je la vois sortir rapidement de la pièce, le pas colérique.

Enfin, je tombe sur la nouvelle que je redoutais. Un petit article annonce la disparition d'une femme de quarante-sept ans, à Saint-Nazaire. On explique qu'elle faisait du vélo tous les jours et je comprends aussitôt de qui il s'agit.

Mais on parle de disparition, pas de meurtre. La veuve de Lafond n'est donc pas retournée au garage. Quand elle va y aller...

J'arrête de manger. Plus faim.

Dans ma voiture, je roule dans l'intention d'aller au poste de police. Comment ai-je pu croire que je ne dirais rien aux flics ? Je suis peut-être lâche mais pas malhonnête. Il faut qu'Alex soit arrêté, que cela m'implique ou non.

Mais je me rends compte avec étonnement que je roule vers un tout autre quartier, celui où habitent mes parents. Je ne vais quand même pas tout aller leur raconter ! Non, je vais jusqu'au bout de la rue des Plaines. Arrivé au bois, j'arrête le moteur.

Je sors et observe longuement le petit sentier de terre battue. Cette fois, je vais me rendre jusqu'au bout. Aucune peur ridicule ne me fera tourner les talons. Je n'ai pas besoin d'Alex pour aller dans ce bois. Je n'ai *plus* besoin de lui.

Le ciel est lourd d'une neige qui s'obstine à ne pas tomber. Je remonte la fermeture éclair de mon manteau et m'engage dans le petit sentier. Tandis que je m'enfonce dans le bois, l'écho dans ma tête revient, tournoie, percute les parois de mon crâne, comme s'il tentait de me dire quelque chose... ou plutôt de me *montrer* quelque chose.

Et tout à coup, l'écho se stabilise et produit un premier flash aveuglant, pendant un dixième de seconde. Il apparaît

sur le vélo dans le bois comme d'habitude mais là quelqu'un devant moi qui marche m'arrête près

de lui salut je m'appelle Alex moi Étienne tu
m'embarques sur ton bicycle moi je conduis pas
j'aime pas ça mais je pourrais être ton passager
OK monte suis content de me faire un nouvel ami
il sourit mais il a les dents vraiment croches il
monte à l'arrière il me tient à la taille me mets à
pédaler il me souffle à l'oreille je vais te guider
d'accord on

et s'éteint aussitôt. Cet atome de souvenir fait
déferler en moi un flux d'adrénaline et j'allonge le
pas, à la fois excité et concentré sur l'écho qui
tourbillonne toujours. Je descends et remonte la
pente, marche encore cinq minutes puis m'arrête
devant l'arbre avec le gros clou rouillé planté dans

amené avec moi un marteau et un gros clou
comme Alex m'a demandé hier pense pas que papa
s'en rendra compte on roule un moment Alex me
demande d'arrêter il veut qu'on quitte le sentier
qu'on roule dans le bois me demande de planter
un clou dans un arbre ça indiquera la direction à
prendre trouve ça amusant plante le clou et on suit
la direction mais difficile car beaucoup d'herbes et
de branches Alex m'encourage pédale de toutes
mes forces on s'enfonce de

le tronc. Et de nouveau, je sens cette peur ridicule, cette sorte de panique qui me donne envie de
tourner les talons, de fuir à toutes jambes, tandis
qu'une voix enfantine et grotesque me dit que j'ai
besoin d'Alex, que lui seul peut me guider dans ce
bois.

Mais Alex a déjà tué trois personnes.

Je prends donc une grande respiration et fais un
premier pas dans les hautes herbes.

À peine le sentier quitté, je ne ressens plus aucune peur. Cette sensation m'excite tellement que je mets presque à courir, repoussant les branches, enjambant les troncs morts, convaincu que je vais enfin trouver.

Et tout à coup, le buisson apparaît. Le même que celui de mes rêves. Je m'arrête, la respiration sifflante. Je ne sais pas de quelle nature est ce buisson, mais il est encore feuillu, malgré le froid. L'excitation en moi fait battre mon cœur jusque dans mes paupières. Je marche lentement vers le buisson et commence à le contourner. Cette fois, je vais voir ce qu'il y a derrière. Cette fois, je ne me réveillerai pas.

Sur une surface d'environ trois mètres carrés, il n'y a pas d'arbres. Au bout de cette clairière minia-ture trône un rocher d'un demi-mètre de haut et d'un mètre de large, parfaitement plat, semblable à une petite table. Derrière, les hautes herbes et les arbres reprennent possession du terrain. Je m'ap-proche du rocher, convaincu que ce dernier était la

difficile de pédaler n'en peux plus on contourne un gros buisson et Alex me dit d'arrêter il descend et s'approche d'un gros rocher plat il a l'air content et dit que ici ça va être super lui demande super pour quoi il me répond pour jouer

destination de nos excursions dans le bois. Je touche la surface du rocher, presque lisse. À quoi jouions-nous ici, Alex et moi? Est-ce que cela avait un rapport avec des couleuvres? On torturait des couleuvres sur ce rocher? Peut-être, oui... Mais comment? Que faisions-nous *exactement*? J'ai beau me concentrer sur l'écho, je n'arrive pas à me rap-peler, malgré les flashs qui *me dit vas-y Étienne vas-y je la prends elle gigote au bout de ma main ça me fait rire nerveusement je la*

m'illuminent brièvement l'esprit. J'examine longuement le rocher grisâtre, puis penche la tête. Il y a des petites taches sombres, là, minuscules, qui ne semblent pas faire partie du roc. Je les touche de mon doigt. Sèches, évidemment, mais j'ai la conviction qu'il s'agit de taches de sang. Après vingt ans ? Est-ce possible ? Cela me semble improbable... Et puis, les couleuvres n'ont pas de sang. En tout cas, pas assez pour en tacher un rocher.

Nous avons torturé des couleuvres ici, oui, mais aussi... autre chose.

L'autre jour, Alex ne m'a-t-il pas dit qu'à un moment donné nous étions allés un peu plus *loin* dans notre jeu ?

Je me frotte le front. Malgré le froid, je le sens moite de sueur. Ma peur de tout à l'heure pointe légèrement le nez. Bon Dieu ! Je suis tellement près de tout me rappeler, j'y suis presque,

sourde horreur se mélange à mon excitation mais cela fait partie du jeu Alex me l'a expliqué et le bruit m'hypnotise tiketik-ketik-ketik et bientôt le bruit devient écœurant Alex rit je ris aussi et et et et

et en même temps, il y a des zones d'ombre qui recouvrent l'essentiel. Je regarde autour du rocher, comme si je cherchais quelque chose sans savoir quoi, et je me dis que je n'y arriverai pas, je sens qu'il manque quelque chose, je sens qu'il manque...

Alex. Il manque Alex.

Qu'il aille au diable, celui-là ! Jamais je n'ai été aussi près de tout me rappeler, alors j'y parviendrai sans lui! J'interrogerai mes parents, après avoir prévenu la police. Car je vais la prévenir. Je ne peux pas courir le risque qu'Alex tue encore. D'ailleurs, il a sûrement tué des gens avant qu'on se retrouve tous les deux…

Non, je me trompe. L'autre jour, il a dit que c'est en me retrouvant qu'il avait eu le goût de reprendre le jeu et de le corser, de le rendre plus audacieux. S'il était seul, le jeu n'aurait sans doute plus d'intérêt.

J'émets un ricanement sans joie… et une idée folle me frappe de plein fouet. Oui… Oui, c'est possible… Même probable…

Ce n'est tout de même pas la plus orthodoxe ni la plus responsable des solutions…

Je tourne les talons et reviens sur mes pas, après avoir jeté un dernier coup d'œil au rocher. Moins de dix minutes plus tard, je suis dans ma voiture, songeur.

Est-ce vraiment la meilleure des solutions? Je ne peux pas décider cela en cinq minutes. C'est trop grave… Il faut que je me donne un peu de temps pour y penser. Jusqu'à demain… Jusqu'à ce que je revienne à Drummondville… et que je croise Alex sur l'autoroute.

Je mets le moteur en marche et roule vers Montréal.

◆

Alex, gamin de huit ans, est debout devant le rocher plat. Il lève sa main gauche qui tient une couleuvre gigotante et sourit, exhibant sans gêne ses dents mal alignées.

— Alors, Étienne, on commence ?

— Je ne me souviens plus quoi faire.

— Voyons, penses-y.

Il contourne le rocher, sans lâcher le reptile, et se plante devant moi. Il pose son index droit sur son front, puis vient toucher le mien, au-dessus de mes yeux. Puis, du menton, il désigne le sol vers la droite. Là, mon petit vélo blanc est couché sur le côté, mais les pédales tournent seules, lentement, comme si quelqu'un venait tout juste de les actionner.

… tiketik-ketik-ketik…

Alex est maintenant adulte, avec son regard noir, son manteau rouge et son sourire plaqué de broches. Ce n'est plus une couleuvre qu'il tient à la main mais une chaîne de vélo ensanglantée. Il avance et la tend vers moi, comme s'il voulait que je la prenne à mon tour. Je recule, angoissé, mais je trébuche contre mon vélo et tombe par-derrière. Ma tête heurte le sol… et je me réveille sur le plancher de ma chambre. Merde ! Je suis littéralement tombé en bas de mon lit !

En maugréant, je vais à la salle de bain, puis reviens me coucher. Il est trois heures quinze du matin.

Tous les rêves que je pourrai faire ne changeront rien. Ma décision est prise. Noble ou hypocrite, lâche ou courageuse, je m'en moque.

Ce soir.

Ce soir.

◆

Dans le ciel déjà noir depuis longtemps, la première neige tombe enfin. Légère, presque liquide, elle aura disparu dès demain matin. Comme mon aventure avec Alex. Du moins dans les faits et gestes. Mais dans ma tête, dans ma conscience, aura-t-elle disparu ? Disparaîtra-t-elle jamais ? Je n'en suis pas si sûr.

Car plus j'approche de Saint-Valérien, plus la décision que j'ai prise me semble immorale, inacceptable. Vais-je pouvoir vivre avec ce geste ? Les remords ne me rongeront-ils pas le restant de mes jours ?

Assume, merde ! Va jusqu'au bout ! Assume ta lâcheté, assume ta fuite, assume !

Dix-neuf heures cinquante-deux. La silhouette d'Alex est sous le lampadaire de la sortie de Saint-Valérien, mais il n'a pas le pouce levé. Immobile sous la fine neige qui l'auréole, il est tourné vers la route et attend. M'attend.

Je suis d'un calme stupéfiant.

Trente secondes plus tard, il s'assoit à mes côtés. Déjà, la neige fond sur lui et le recouvre peu à peu d'une fine pellicule humide. Il n'a aucun regard pour moi. Ses yeux, à la lisière de sa tuque enfoncée sur sa tête, demeurent obstinément fixés devant lui, sur le pare-brise.

Après de longues secondes d'inertie, je me remets en route.

Je me sens toujours calme. Pourtant, quand Alex parle enfin, je sursaute comme s'il venait de me pincer une fesse.

— Je savais que tu irais pas voir la police.

— Fais-toi pas d'idée. Je vais y aller. C'est pour ça que je te prends une dernière fois : pour te prévenir.

Il continue à regarder devant lui, mais ses sourcils se froncent légèrement, ce qui me procure une certaine satisfaction : pour la première fois, je le désarçonne ; pour la première fois, il fait face à un événement qu'il n'avait pas prévu. Je lui explique donc. Demain, après mon cours, je vais aller porter une lettre anonyme dans laquelle j'accuserai un certain Alex Salvail, habitant à Saint-Eugène, du triple meurtre de Saint-Nazaire.

De nouveau, un silence. Je devine qu'il regarde toujours devant lui. Il dit enfin :

— Si la police vient me voir, je vais parler de toi. T'es pas innocent, dans cette histoire.

— Je sais. C'est pour ça que je te préviens. Ça te donne une quinzaine d'heures pour fuir. Si tu t'organises comme il faut, tu peux être aux États-Unis dans quelques heures et on ne t'attrapera jamais. Si tu t'en sors, je m'en sors aussi. Par contre, si tu te fais prendre, j'assumerai mes responsabilités. Mais avoue que je suis pas mal moins dans le trouble que toi. Toi, tu vas moisir en prison jusqu'à la fin de tes jours.

Je le regarde enfin. Il hoche doucement la tête. Son calme m'agace de plus en plus. Mon offre ne semble pas du tout le tourmenter ni le faire réfléchir, comme si sa décision était déjà prise. Éventualité qui m'inquiète beaucoup.

— Pis si je me sauvais, tu pourrais vivre avec ça ? demande-t-il. Tu pourrais vivre avec l'idée d'avoir laissé un assassin en liberté ?

— J'aurai quand même prévenu la police. Et puis…

Je m'humecte les lèvres et me lance :

— … j'ai l'impression que si tu te sauves, tu ne tueras plus personne, comme tu n'as tué personne avant de me retrouver.

— Qui t'a dit ça?

— Toi-même, l'autre jour. En tout cas, tu l'as fortement insinué.

Sa bouche se crispe légèrement en une grimace contrariée. J'en jubile intérieurement et poursuis :

— Alors, je pense que seul, tu ne tuerais plus. Tu as besoin de moi pour… pour jouer.

Cette fois, son visage s'assombrit littéralement et je comprends que j'ai vu juste, sur toute la ligne. Tout à coup, j'ai l'impression d'avoir pris la bonne décision, et cela me rassure tellement que je dois retenir des larmes de soulagement.

Après un long silence, Alex remarque :

— Je pourrais me trouver d'autres compagnons de jeu…

Mais il n'a pas son habituelle voix assurée. La mienne, lorsque je lui réponds, est beaucoup plus solide, presque sardonique :

— Mais pas comme celui avec qui tu jouais quand tu étais petit et que tu retrouves vingt ans plus tard…

Je l'observe, m'attendant à le voir très embêté, mais j'ai la surprise de distinguer un petit sourire sur ses lèvres.

— C'est vrai. Personne d'autre que toi peut me comprendre. Mais l'inverse est aussi vrai : personne peut mieux te comprendre que moi. C'est pour ça que tu m'as choisi comme ami, quand t'étais petit. Pis aujourd'hui, c'est pareil : je suis sûr que t'as jamais pris personne sur le pouce. Pourtant, tu m'as choisi. Ton inconscient m'avait reconnu parce qu'au fond de toi t'es toujours fasciné par le jeu…

Je ricane.

— Tu dérailles, Alex.

— Pourquoi alors t'as pas averti la police dès que t'as compris que j'avais tué les deux garagistes ?

— Si tu savais comme je m'en veux encore !

— On s'est pas retrouvés vingt ans plus tard pour rien ! On a un nouvel endroit pour jouer ! Avant, c'était dans le bois, maintenant, c'est dans le garage de Saint-Nazaire ! Il faut qu'on y retourne pour...

— Tais-toi, Alex ! que je le coupe, aussi horrifié qu'agacé. Jamais je retournerai là, jamais ! En plus, si la veuve de Lafond a trouvé le cadavre de... de la femme de l'autre jour, la place doit maintenant grouiller de flics et...

— Inquiète-toi pas pour ça. Le corps de la femme a pas été découvert pis il le sera jamais non plus. Le garage est dans le même état qu'avant, personne peut savoir qu'un autre meurtre y a été commis.

Il a retrouvé son sourire d'avant, son sourire qui me plaisait tant et qui maintenant me donne littéralement froid dans le dos. Je lui demande ce qu'il veut dire. Il m'explique : après que je me suis sauvé vendredi passé, il a nettoyé et remis la chaîne à sa place. Puis, il a démonté le vélo de la femme et il a éparpillé les morceaux parmi la ferraille du garage. Ensuite, il est parti en verrouillant la porte, puisque j'avais laissé la clé dans la serrure. Clé, précise-t-il, qu'il a sur lui en ce moment.

— Finalement, je suis arrivé en retard à ma job, ajoute-t-il en ricanant.

— Et le corps de la femme ? que je demande, ne sachant pas au juste si je tiens tant à ce qu'il me le dise. Qu'est-ce que t'en as fait ?

Je n'ose pas le regarder, mais je suis sûr que son sourire s'est élargi.

— La même chose qu'on faisait avec les couleuvres, quand on avait fini de les utiliser...

Je crois avoir poussé un léger gémissement. Il le fait exprès : il sait que je ne m'en souviens plus ! Je demande donc presque avec résignation :

— Qu'est-ce qu'on faisait avec elles ?

— Je croyais que ça t'intéressait plus, tout ça ? que tu voulais juste me prévenir de ce que tu allais faire...

L'ironie de sa voix m'écrase comme un bulldozer. Pourtant, je trouve la force d'avoir un sursaut de rage :

— Criss, Alex ! qu'est-ce qu'on faisait avec les couleuvres ?

Je l'entends glousser et, si je ne tenais pas le volant, je crois bien que je lui sauterais à la gorge.

— Ah ! Étienne ! Toujours aussi fragile, au fond... Comme lorsqu'on s'est vus la première fois dans le bois, tu te souviens ?

Je me tais, les muscles tendus. Je comprends que, pour la première fois, il va parler clairement du passé. De *notre* passé. Et malgré mes intentions de départ, je vais écouter.

— Tu venais d'arriver dans le quartier pis tu connaissais personne. Tu te promenais tous les jours en vélo tout seul, dans le bois. Quand tu m'as rencontré, t'étais tellement content de te faire un ami. Ç'a été facile de te convaincre...

L'écho revient dans ma tête, mais il ne rebondit pas comme une balle folle. Il est stable, s'épaissit, se précise.

— Tous les jours, on allait dans le bois en bicycle. Tu conduisais, pis moi j'étais ton passager. Pis ton guide. C'est moi qui décidais où on allait. T'étais docile, t'écoutais. Pis quand j'ai trouvé la grosse pierre plate, l'idée du jeu est apparue…

L'écho devient images, devient sons, et cette fois ce ne sont plus des flashs rapides qui me traversent la tête, mais un véritable film, étrangement transparent, qui se superpose

Tu veux qu'on invente un jeu, Étienne? Le jeu des sacrifices. Tu vas voir, c'est ben le fun, tu vas aimer ça. Pour commencer, il faut trouver ce qu'on va sacrifier.

sur le pare-brise enneigé de ma voiture. Alex, la voix aérienne, continue:

— Les couleuvres m'ont semblé un bon choix, pis t'étais d'accord aussi. Il y en avait tellement, dans ce bois. Ça fait que je t'ai montré comment faire.

Je le devine se penchant légèrement vers moi. Sa voix devient envoûtante.

— On a pris ton petit bicycle blanc pis on l'a mis sur la pierre plate, à l'envers. Il tenait sur le guidon et le siège, les deux roues en l'air. C'était notre autel des sacrifices. Pour la première couleuvre, j'ai tout fait, pour te montrer. D'une main, je tournais une pédale. Ça faisait un bruit qu'on aimait ben gros, tu te souviens? Dans notre esprit, ce son-là annonçait le début du rituel… Tiketik-ketik-ketik…

Mes mains serrent le volant avec force; je respire un peu plus vite.

— Je tournais la pédale pis en même temps, je faisais descendre la couleuvre, lentement, la tête la première, dans le dérailleur. Le cliquetis de la chaîne devenait plus mou, plus flasque, pis ça nous faisait ben rire. Je lâchais la couleuvre, pis elle finissait par tomber sur la pierre, éventrée, en bouillie. Parfois même coupée en deux...

Ça me revient. Oh! Oui, ça me revient de plus en plus clairement...

— Les premières couleuvres, je m'en occupais tout seul. Mais ç'a pas été long que t'as participé. Pis t'aimais ça. Au début je te disais comment faire, mais t'es devenu rapidement un as. On le faisait chacun notre tour...

Devant moi, la route est de moins en moins visible, parasitée par le film transparent qui acquiert

Vas-y, Étienne... Descends-la... Parfait... Regarde sa tête!... Whouaa! Super! Lâche-la... Ah! Elle reste coincée dans le dérailleur, c'est génial!... Voilà, c'est fini... OK, on en trouve une autre!

de l'épaisseur. Je sens qu'Alex est tout près de moi, maintenant, je sens le souffle de sa voix contre ma joue.

— Après quelques semaines, on en avait assez des couleuvres... On en avait tué tellement! Il fallait aller plus loin. On a essayé avec un hamster et une grenouille. Ç'a été plus intéressant : ça saignait beaucoup, c'était plus gros... mais on a tout de suite voulu aller encore plus loin... Je t'ai expliqué ce qu'on allait faire, pis t'as accepté... Tu te souviens?

Ici, le film devient flou, disparaît presque complètement... Seules des bribes de voix demeurent claires, mais

Il est parfait, Étienne. Fais-le approcher... Voilà, très bien. Regarde comme il est obéissant...

elles ne s'accrochent à aucune image précise.

— C'est cette journée-là que tout s'est arrêté, poursuit Alex. De toute façon, deux mois plus tard, ma famille déménageait à Saint-Eugène...

Il soupire. Devant moi, je vois la route, mais elle semble sortir d'un tableau de Dali, tant elle est sinueuse, molle et bondissante. La fine neige ressemble à de longues traînées de craie.

— Cette journée-là, Étienne, on est allés un peu plus loin, continue mon passager. Pis maintenant, vingt ans plus tard, on va aller encore plus loin. Moi, je l'ai déjà fait, à deux occasions. C'est à ton tour, maintenant. À toi de jouer !

J'ouvre la bouche pour parler. Je la sens tout engourdie, comme si je sortais de chez le dentiste, mais je réussis à articuler :

— Qu'est-ce qu'on a fait, cette journée-là ?

Il ne me répond pas. Je tourne lentement la tête vers lui. Il est tout près de moi, son regard noir est tout ce que je vois.

— Qu'est-ce qu'on a fait, Alex ?

— Tu devrais regarder devant toi.

Je reviens à la route. Elle n'est plus surréaliste comme tout à l'heure. Elle est très droite et mes phares éclairent de plein fouet une voiture qui roule beaucoup moins vite que moi et sur laquelle je suis sur le point de m'écraser…

J'appuie sur le frein de toutes mes forces et mes pneus, à cause de la fine couche de neige fondante, se mettent à déraper… Je tourne le volant dans tous les sens, me répétant sans cesse que je dois demeurer sur la route. Je jette des regards paniqués vers l'extérieur… lorsque je tombe sur Alex. Il ne bouge pas, apparemment très calme, et continue de m'observer avec intensité. Son attitude m'étonne tellement que, pendant un bref moment, j'oublie complètement la voiture.

Puis, je me sens emporté vers la droite. Je reviens au volant, réussis à contrôler la voiture… et elle s'arrête enfin. Nous sommes sur l'accotement, comme si nous nous étions tout simplement arrêtés pour une pause ou un problème mineur. D'ailleurs, les autres voitures continuent leur route sans s'occuper de nous. La nuit est calme. Le moteur tourne normalement. Si ce n'était de mon cœur qui galope depuis tout à l'heure, on pourrait croire qu'il ne s'est rien passé.

Je pousse un long soupir et me couvre le visage des deux mains.

— T'as fait ça comme un pro, dit Alex.

Son attitude n'a toujours pas changé.

Je ne me sens pas bien. Il faut que je boive quelque chose, la tête me tourne. Au loin, à moins de un kilomètre, je vois une halte routière. Sans un mot, je recommence à rouler sur l'autoroute. Quand je m'engage dans la sortie de la halte, Alex me demande ce que je fais. Je lui explique que je dois m'arrêter. Et j'ajoute, sans le regarder :

— Et toi, tu descends ici. Je voulais te prévenir, c'est maintenant fait. Demain midi, je vais à la police. Si tu es encore à Saint-Eugène, tant pis pour toi.

Je sors de la voiture. La neige ne tombe plus et aucune autre voiture n'est stationnée. Tant mieux. Je marche vers les toilettes et me retrouve dans une petite salle crûment éclairée, recouverte de graffitis mais tout de même assez propre. Je vais directement au lavabo et me lance littéralement de l'eau au visage. Aussitôt, mon cœur revient à un rythme normal et un apaisement instantané se répand en moi. Bon Dieu ! Je l'ai vraiment échappé belle ! J'observe mon visage ruisselant d'eau dans le miroir : peau laiteuse, yeux cernés et hagards, cheveux défaits… On dirait que je sors d'un cauchemar. Mais je n'en suis pas encore sorti.

Bientôt. Très bientôt.

À moins qu'Alex n'écoute pas mon avertissement et que la police le trouve… Alors là, une autre sorte de cauchemar commencera pour moi.

J'exagère ! Au fond, qu'est-ce que je risque ?

Je n'en sais rien… C'est bien ça le pire…

Dans le miroir, je vois la porte s'ouvrir et Alex entrer.

— Je t'avais dit de partir ! que je lance vers son reflet.

— Allons, pas tout de suite ! Tu es sur le point de tout te rappeler…

Je ricane avec mépris.

— Des couleuvres ! Moi qui croyais qu'on avait fait des choses épouvantables, dans ce bois ! Avoir su, je t'aurais dénoncé dès le début !

— C'était quand même assez gratiné, pour des enfants de huit ans. Pis ce qu'on faisait avec les couleuvres, après, c'était pas pire aussi…

Je le regarde en silence dans le miroir. Il a un petit sourire.

— Tu t'en souviens toujours pas, hein ? Ni de ce qu'on a fait la dernière journée…

Il ne m'aura pas, cette fois ! Je ne lui demanderai pas de me le dire, je ne lui demanderai plus rien !

— Disons, continue-t-il, que ça annonçait sans qu'on le sache, à très petite échelle, ce qu'on allait faire vingt ans plus tard…

— Ce que *tu* fais ! ne puis-je m'empêcher de rétorquer en me retournant vers lui. Mêle-moi pas à ça !

— Tu y es déjà mêlé.

— Arrête, Alex ! Ça marche pas ! C'est fini ! Je te donne une chance de t'en sortir, alors prends-la et sauve-toi !

— T'es juste un lâche, Étienne Séguin ! Tu fais ça pour pas être mêlé à toute cette histoire…

— Oui, je suis un lâche ! Ma vie commence à bien aller, tu viendras pas la gâcher, c'est-tu clair, ça ?

Il hoche doucement la tête. Puis, il réajuste sa tuque sur sa tête, tourne les talons et marche vers la sortie en lançant tout naturellement :

— À vendredi, Étienne… Bonne soirée à Drummondville.

— Tu comprends rien ! que je crie, soudain paniqué. Tu vas te faire arrêter, pauvre fou ! Qu'est-ce que ça prend pour que tu comprennes ? De l'argent ? J'ai trois mille piastres d'économie, je te les donne ! Je suis prêt à te payer, criss ! pour que tu disparaisses de ma vie !

Il ne se retourne même pas et sort. Je frappe sur le lavabo en poussant un cri sec. Je regrette aussitôt les paroles que je viens de prononcer. Qu'est-ce qui me prend de lui offrir de l'argent ? Je ne suis pas désespéré à ce point !

Alex est encore plus malade que je le pensais…

Alors, tant pis. Je préviens la police et j'assumerai mon implication dans toute cette affaire. De toute façon, ça ira bien. J'en suis sûr.

Mais mon reflet angoissé ne me rassure pas.

Première étape : prévenir la police à Drummondville. Seconde étape : tout raconter à mes parents. Je ne sais laquelle des deux m'effraie le plus…

Résigné, je commence à marcher vers la porte lorsqu'un bruit de frottement m'immobilise. Je regarde autour de moi, mais il n'y a vraiment personne. Toutes les portes des cabines sont fermées.

Les cabines…

Mon regard passe en revue la partie inférieure de chacune des portes.

Deux pieds apparaissent au bas de la troisième cabine.

Je fais quelques pas de recul et mon dos s'appuie contre le mur. Quelqu'un était là et a tout entendu ! Tout !

Je suis sur le point de fuir à toutes jambes, puis me traite d'idiot : Alex a dit mon nom complet, tout à l'heure, il a même mentionné la ville où je me rendais ! On me retrouvera facilement ! Fuir serait donc un aveu de culpabilité. Je me mets à arpenter nerveusement la salle sans quitter des yeux ces pieds immobiles. Mais comment puis-je être malchanceux à ce point ! Et comment se fait-il qu'il y ait quelqu'un, il n'y a aucune voiture dehors !

Le mieux est d'affronter le gars, voir qui il est, ce qu'il a entendu au juste. Je n'ai qu'à attendre qu'il sorte. Juste à son expression, je saurai s'il a tout compris ou non…

Mais les pieds ne bougent toujours pas. Je crois entendre la respiration de l'inconnu, mais je n'en suis pas sûr. Bon Dieu ! Qu'est-ce qu'il fout ?

Il sait que je suis là et il a peur. Il a peur de sortir ! Il a peur de moi !

Je prends alors mon courage à deux mains, m'approche de la cabine.

— Il y a quelqu'un ?

Je me rends aussitôt compte de la stupidité de ma question. Je crois par contre percevoir un petit hoquet de surprise de l'autre côté de la porte.

De nouveau, je songe à fuir, mais renonce tout de suite. Trop risqué.

— Sortez, j'aimerais vous parler, dis-je d'une voix que j'espère normale.

Seigneur! qu'est-ce que je vais lui raconter? Je n'en ai pas l'ombre d'une idée! Mais j'entends enfin quelque chose : une chasse d'eau que l'on tire, un déclic de porte qu'on déverrouille…

C'est un jeune d'environ dix-huit, vingt ans. Petite taille, mais assez costaud. Manteau de cuir, anneau dans le sourcil droit. En temps normal, il doit paraître assez dur-à-cuir, mais là, il n'en mène pas large. Après m'avoir jeté un furtif regard, il regarde dans la salle nerveusement.

Il fait quelques pas timides et moi, indécis, je m'écarte. Il n'ose pas me tourner le dos et remonte nerveusement un sac sur son épaule. Un jeune qui faisait du pouce et qui s'est arrêté. Voilà pourquoi il n'y a pas de voiture dehors.

On se regarde un long moment. Il se déplace lentement sur le côté, comme s'il avait peur que tout mouvement rapide déclenche une catastrophe.

— Tu as tout entendu, n'est-ce pas?

— Je… je sais pas de quoi vous parlez, marmonne-t-il, les yeux pleins d'inquiétude.

Il ment, c'est clair. Il a tout entendu. Pas seulement mon nom et la ville, mais aussi le fait que j'ai laissé une chance à Alex, que je lui offrais de se sauver, que je lui ai même offert de l'argent pour qu'il parte! Alors, les chances que j'entrevoyais de bien m'en sortir avec la police se volatilisent, s'éparpillent, et je me vois en train de pénétrer dans un trou que j'ai moi-même creusé. Comme s'il avait lu dans mes pensées, le jeune panique soudain et lance à toute vitesse, en reculant vers la porte :

— Je m'en crisse de vos problèmes, *man!* Je me crisse de ce que les autres font ou de ce qu'ils disent ! C'est pas de mes affaires !

Le gouffre dans lequel je m'enfonce fausse tout raisonnement. Tout ce que je comprends, c'est que si ce jeune sort d'ici, je suis foutu ! Je n'aurai plus aucune justification auprès de la police, aucune ! Et l'idée que ce jeune puisse effectivement se foutre de tout ça et ne jamais parler à personne de ce qu'il a entendu est tout simplement impossible à considérer.

Je ne peux donc pas le laisser partir.

Je marche alors vers lui. Et tandis que j'approche, je me demande, hébété, ce que je suis sur le point de faire là, maintenant, *dans les prochaines secondes…*

Mon attitude ne doit pas être rassurante, car une lueur d'épouvante traverse le regard du jeune. Il dirige alors sa main droite vers l'intérieur de son manteau et couine d'une voix aiguë :

— Ça me dérange pas, ce que vous faites, je vous le jure ! Ça me dérange pas que vous…

Mais je ne lui laisse pas terminer sa phrase. Lorsque je vois cette main glisser sous le manteau, une image s'impose aussitôt à mon esprit : il va sortir un cellulaire pour appeler la police… ou pire, un couteau pour m'attaquer ! Avec son *look* de rocker, ce ne serait pas étonnant ! Alors, le peu de rationnel qui reste en moi s'envole. Je m'élance vers l'avant et stupidement, ne sachant pas trop ce que j'espère d'un tel geste, pousse l'adolescent de toutes mes forces en émettant un cri rauque. Je ne veux pas qu'il sorte son cellulaire ou son couteau, je ne veux pas qu'il me dénonce, qu'il soit là, qu'il existe ! Je ne veux pas, je ne veux pas, *je ne veux pas !*

Le gars bondit par en arrière, le souffle coupé, laisse tomber son sac de voyage et fait de grands moulinets avec ses bras pour garder son équilibre. La phrase qu'il avait commencée se termine dans une confusion inaudible, comme s'il disait : *Ça me dérange pas que vous palioheul…* Il finit tout de même par basculer vers l'arrière et je vois sa tête heurter violemment l'un des lavabos. Un « poc » terrible retentit dans la salle vide et fait littéralement craquer mon cœur, car j'ai le terrible pressentiment que le trou que je creuse depuis plusieurs jours vient de s'approfondir de quelques mètres…

Le jeune devient tout mou, s'étale sur le sol et ne bouge plus, les yeux fermés.

Je marche vers lui, lentement. Il me semble que sa poitrine ne se soulève plus.

Respire-t-il ?

Je me penche et me mets à le secouer sans ménagement. Aucune réaction. Je mets une main tremblante devant sa bouche, son nez. Merde ! Je ne sens aucun souffle ! J'appuie mon oreille contre sa poitrine. Avec ce manteau, impossible d'entendre le cœur. Et l'idée de mettre sa poitrine à nu m'effraie soudain.

Je me relève, ouvre un robinet, me remplis les mains d'eau et en asperge le visage de l'adolescent. Aucune réaction. Alors, je recule à toute vitesse contre le mur et m'y appuie, comme si je voulais m'y enfoncer.

Je l'ai tué !

Je me mets à haleter, comme si je voulais rejeter de ma gorge quelque chose qui n'arrivait pas à sortir. Je me frappe le derrière du crâne contre le plâtre une, deux, trois fois, ma respiration devient une série de hoquets douloureux, et cette terrible phrase me traverse de nouveau l'âme, comme un sabre qui me couperait en deux.

Je l'ai tué !

Mais qu'est-ce qu'il foutait ici, aussi ! Et c'est lui qui m'a fait perdre la tête en mettant sa main dans son manteau pour… pour…

Pris d'un doute, je retourne au corps et, surmontant mon dégoût, fouille dans la poche intérieure du manteau.

Pas de cellulaire, pas de couteau. Juste un portefeuille. Avec environ deux cents dollars à l'intérieur.

Il voulait m'offrir de l'argent ! Me payer pour que je le laisse partir !

Le sifflement saccadé de ma respiration se transforme alors en un long, lancinant gémissement, qui devient si aigu qu'il blesse mes propres oreilles.

Alors, je me relève et cours vers la sortie. Ma vue est si confuse que je percute le chambranle et me fais terriblement mal à l'épaule. Je me dis que dehors je vais continuer à courir. Qu'une fois sur l'autoroute je vais courir encore. Je vais courir pendant des heures, des jours, des années, jusqu'à ce que quelqu'un m'arrête pour enfin m'expliquer que tout cela était une illusion, que rien n'est arrivé…

Mais aussitôt dehors, je m'arrête.

Une voiture est stationnée derrière la mienne. Le moteur est en marche, mais je devine, malgré la noirceur, qu'il n'y a personne à l'intérieur.

Je regarde les alentours, affolé, à la recherche de ce nouvel arrivant, lorsque juste à mes côtés, la porte des toilettes pour dames s'ouvre. Une femme, habillée d'un manteau de fourrure, en sort. Je bondis littéralement vers l'arrière et la suis des yeux, comme si elle allait m'attaquer. Elle me sourit d'abord, puis fronce les sourcils. Je dois être vraiment bizarre. Tellement que la femme allonge le pas, peu rassurée, et avant de monter dans sa voiture me jette un dernier coup d'œil intrigué.

Je regarde sa voiture s'éloigner et disparaître. Impossible de laisser le corps du jeune ici, maintenant! Cette femme m'a tellement dévisagé qu'elle va se souvenir longtemps de moi! Et les phares de sa voiture éclairaient directement la mienne, elle se rappellera la couleur, la marque! Quand elle lira dans le journal qu'on a trouvé un jeune tué dans une halte routière, elle fera rapidement le lien!

Mon gémissement revient et je me mets à tourner sur moi-même, comme si une solution, un ange sauveteur allait m'apparaître.

Mais je suis seul.

J'arrête de tourner, étourdi. J'attends que le décor s'immobilise. Je vais à ma voiture et ouvre la portière arrière. Puis, je retourne dans la salle de bain.

Agir vite avant que quelqu'un d'autre n'arrive.

Je me plante devant le corps. Je l'observe un bref moment, puis me penche pour le prendre sous les bras.

Je n'arrive pas à croire à ce que je suis en train de faire. Pourtant, je le soulève et commence à le traîner vers la porte. Je gémis autant d'effort que de désespoir.

Avant de sortir, je m'assure que le stationnement est vide. L'autoroute est à cent mètres, personne ne devrait remarquer ce qui se passe. Et même si c'était le cas, je suis trop loin et il fait trop noir pour qu'on me voie le visage ou qu'on distingue clairement la marque de ma voiture.

J'hésite une dernière fois. Puis, je sors en traînant le corps vers ma voiture. Ses deux jambes produisent un frottement désagréable sur l'asphalte recouvert de neige. Je réussis à coucher le corps sur la banquette arrière. Je fais une courte pause, puis retourne chercher le sac de voyage du jeune, que je jette dans le coffre arrière de la voiture. Enfin, je démarre.

En arrivant sur l'autoroute, je réalise l'absurdité de la situation. Mais qu'est-ce que j'ai l'intention de faire? Amener ce cadavre à Drummondville? Aller le déposer à l'hôpital en affirmant que je suis tombé là-dessus en chemin? Qu'est-ce que je vais faire avec ce corps?

Je n'en sais rien, rien du tout!

Je roule depuis à peine vingt secondes que mes phares éclairent devant moi un individu qui, tout en marchant à reculons, brandit son pouce.

Alors, je pousse un long et profond soupir, un soupir aussi soulagé que désespéré.

Je commence à ralentir et, pour la première fois de ma vie, je me dis que la fatalité existe.

Lorsque Alex ouvre la portière, il ne monte pas tout de suite. Il se penche et me lance, mi-moqueur, mi-méprisant:

— Qu'est-ce qu'il y a, monsieur bonne conscience? Tu veux m'offrir six mille dollars au lieu de trois?

— Alex, j'ai besoin de toi.

Et ces mots, en franchissant ma bouche, lacèrent ma langue, déchirent mes lèvres, et je ferme les yeux, souhaitant pendant un moment ne plus jamais les rouvrir.

Mais Alex ne monte toujours pas. Il me regarde avec suspicion et, prudemment, me demande ce qui se passe. En trente secondes, je lui résume la situation. Deux ou trois fois, ma voix a chancelé, mais j'ai réussi à ne pas craquer. Alex est parfaitement abasourdi. Il regarde vers la banquette arrière de ma voiture, incrédule.

— Tu l'as tué ?

Je gémis, me passe la main dans les cheveux :

— Je... j'ai pas fait exprès, je voulais juste le... le...

Je vois la satisfaction dans le regard d'Alex, et cela me donne soudain envie de redémarrer tout de suite. Mais je ne le ferai pas. J'ai besoin de lui. Comme quand j'étais petit.

Mon Dieu, je vais m'évanouir, c'est trop insensé...

Mais la voix d'Alex, qui s'assoit enfin à mes côtés, me secoue aussitôt :

— OK. En route.

Je ne pose aucune question, trop content que quelqu'un prenne enfin la situation en main. Imprudemment, je retourne à toute vitesse sur l'autoroute, déclenchant un furieux coup de klaxon derrière moi.

Nous roulons sans un mot pendant trente secondes, puis je croise la pancarte annonçant Saint-Nazaire dans un kilomètre. Pris d'un pressentiment, je demande enfin où nous allons.

— Au garage, répond tout simplement mon passager.

— Jamais ! Jamais je…

— Écoute-moi, ostie de mauviette ! se fâche soudain mon passager. Tu m'as repris pour que je te sorte de la marde, alors laisse-moi faire ! Sinon, tu me débarques ici pis tu t'arranges avec tes câlices de troubles !

Je le regarde un moment en silence. Et tout à coup, un grand calme s'installe en moi, un calme qui n'apporte aucun réconfort, aucune sérénité, mais qui fait taire toute objection superflue.

Le calme de la fatalité.

Je m'engage dans la sortie de Saint-Nazaire.

Je vois le feu clignotant rouge grossir dans mon champ de vision. Je ne ressens rien. Je veux seulement qu'on me dise quand tout sera terminé.

À mes côtés, Alex ne dit pas un mot, ne bouge pas.

Sur le rang obscur, nous ne croisons aucune voiture. On dirait que mon véhicule flotte dans l'espace.

Le garage. Les vieilles carcasses autour. J'entre dans la cour. M'arrête. Stoppe le moteur. Silence. Puis, je demande à Alex d'une voix vide :

— Pourquoi ce garage, depuis de début ?

Son visage est invisible dans l'obscurité, mais je vois les broches sur ses dents lancer un bref éclair :

— Au travail.

Et il sort. Je l'imite. Dehors, nous nous regardons un bref moment. Quelques grincements métalliques, provenant des cadavres de voitures, lacèrent le silence nocturne. Alex marche vers le garage, joue avec le bouton de la porte, puis se tourne vers moi :

— Viens débarrer la porte.

Je lui dis que c'est lui qui a la clé.

— Je l'ai mise dans la boîte à gants de ta voiture, tout à l'heure, juste avant de te rejoindre dans les toilettes. Comme ça, si la police était venue m'arrêter, je leur aurais dit que c'est toi qui avais la clé.

Je ne suis ni choqué ni surpris. Je suis indifférent.

Je prends la clé dans la boîte à gants et vais ouvrir la porte du garage. Je fais deux pas à l'intérieur et allume la lumière. Les néons éclairent le décor désormais familier. Et, effectivement, aucune trace de la femme de l'autre jour.

Je retourne dehors et me plante près de la voiture. Je vais attendre Alex ici. Le reste est de son ressort, maintenant. Peu importe ce qu'il fera, je ne veux pas le savoir.

Et après? Après, je ferai quoi? Je continuerai d'enseigner et de vivre comme si de rien n'était?

Pas envie d'y penser. Pas maintenant.

Je devrais me dégoûter moi-même, mais je suis détaché au point de ne même pas éprouver ce sentiment. C'est donc avec étonnement que j'entends Alex m'ordonner de prendre le corps du jeune et de l'amener à l'intérieur du garage.

— Mais… mais je pensais que… que…

— Quoi? Que j'allais tout faire? Non seulement tu veux que je trouve les solutions, mais tu veux que je fasse tout le boulot? Désolé, mon vieux, mais ça marche pas de même! À ton tour de te salir les mains!

L'effroi revient rapidement en moi. Ce n'était pas prévu, ça! Je ne sais pas ce qu'Alex a en tête, mais il est hors de question que je fasse quoi que ce soit à ce corps! Alex, les mains dans les poches, avance vers moi.

— Je te préviens, Étienne : si tu ne fais pas ce que je te dis, je m'en vais tout de suite et tu te débrouilles. C'est aussi simple que ça.

Je me mords les lèvres. Bon, d'accord, je vais sortir le corps. L'important, c'est qu'il ne reste pas dans ma voiture. Une fois qu'il sera dans le garage, je m'en irai, tout simplement! Même si on retrouve le jeune ici, on ne pourra pas remonter jusqu'à moi.

Sauf si je préviens la police de tout ce qu'a fait Alex… Mais après ce soir, pourrai-je l'avertir?

Pas maintenant!

Je jette un coup d'œil vers la route. Aucune voiture, évidemment. J'ouvre donc la portière arrière, prends le corps sous les bras et le tire de là. Je le traîne vers le garage et une image absurde se forme en moi : celle du Christ transportant sa croix vers le mont Golgotha, sous le regard sans pitié des centurions.

Mais dans le cas du Christ, c'était injustice. Et dans le mien? Tout à l'heure, je le croyais, mais puis-je encore le prétendre? De nouveau, je pense à ce trou que je creuse depuis plusieurs jours, un trou qui a maintenant atteint des sables mouvants…

J'entre dans le garage avec mon fardeau, avance un peu, puis le laisse tomber sur le sol, près des deux grosses chaînes noires fixées au treuil. Aussitôt, je me mets en marche vers la porte pour sortir, mais Alex se tient devant.

— Comme tu peux le constater, j'ai bien fait ma job, explique-t-il. Aucune trace de notre dernière visite. Les morceaux du vélo sont éparpillés un peu partout...

— Et le corps de la femme ?

— Je te l'ai dit, j'en ai fait la même chose qu'on faisait avec les couleuvres, quand on avait fini de jouer...

J'ouvre la bouche pour lui dire que je ne m'en souviens plus, mais renonce : je m'en fous, au fond, je m'en fous complètement ! Je lui dis donc de me laisser sortir, mais tout à coup un gémissement me fait sursauter et je me retourne d'un seul mouvement. Sur le sol, le jeune bouge légèrement un bras, tandis qu'un nouveau râle très faible franchit sa bouche fermée. Il est vivant !

Soudain, je ne sais plus si cette constatation doit me rassurer ou m'horrifier davantage.

— Tu m'as dit que tu l'avais tué ! fait Alex, complètement pris au dépourvu.

Je ne sais quoi dire, bredouille que je ne sentais plus sa respiration, que j'étais convaincu qu'il était mort... Subitement, le visage d'Alex s'éclaire et une véritable jubilation apparaît sur ses traits.

— C'est parfait ! Tu vas pouvoir jouer à ton tour, Étienne...

Deux secondes de perplexité, puis je comprends. Il est fou ! S'il croit que je vais...

Nouveau gémissement du jeune. Je marche rapidement vers la porte en ordonnant à Alex de se pousser. Mais il me prend par les épaules et m'immobilise. Je commence à me débattre, lui crie des insultes et veux le frapper. Mais il évite l'attaque et me donne un coup de poing dans l'estomac qui me plie en deux. Bon Dieu ! Je n'arriverai plus jamais à respirer ! Tandis que je titube en me tenant douloureusement le ventre, j'entends Alex me crier :

— Tu vas aller jusqu'au bout, tu entends ?

Le souffle me manque tellement que je commence à voir des étoiles. Toujours recroquevillé, les yeux pleins de larmes, je distingue le jeune qui bouge de plus en plus. Il va ouvrir les yeux d'une seconde à l'autre, me voir... Et Alex, qui refuse de me laisser sortir...

Éperdu, suffoqué, je tourne sur moi-même et aperçois une porte ouverte, au fond. Sans réfléchir, je me lance dans cette direction, toujours les mains sur le ventre, et franchis la porte.

C'est la salle de bain. Tant pis. Ici, le jeune ne me verra pas, Alex me laissera tranquille, je serai seul et hors d'atteinte de tout le monde ! Je ferme la porte, la verrouille. Je me retrouve dans la noirceur totale, mais je m'en moque. Je me laisse tomber sur le sol, devant la cuvette, et m'abandonne à ma souffrance. De l'autre côté, j'entends la voix d'Alex, ironique :

— Quelle fuite héroïque ! Tu penses rester là le restant de tes jours ? Il est trop tard, Étienne ! T'es d'dans jusqu'au cou ! Pis tu vas assumer !

Je veux lui hurler de fermer sa gueule, mais je suis trop occupé à essayer de reprendre ma respiration normale. Mon ventre brûle, et par manque d'oxygène ma tête commence à palpiter, à gonfler, à se fendre... Respire, câlice ! Respire ! Des images envahissent mon cerveau tourmenté : je revois les dernières semaines, comment tout s'est mis en place, comment tout s'est enclenché et comment tout s'est effondré, jusqu'à cette dernière scène dans les toilettes de la halte routière, lorsque j'ai poussé le jeune et qu'il a lancé cette phrase incohérente : *Ça me dérange pas que vous palioheul…*

Je pousse alors un cri sauvage et, enfin, me mets à respirer normalement. Cela me fait tellement de bien que je laisse tomber ma tête contre la cuvette et demeure ainsi une éternité.

Le vacarme de ma propre respiration, qui envahissait mes oreilles, s'atténue peu à peu… et laisse place à un autre son, une série de cris qui proviennent du garage. Des appels à l'aide.

Le jeune !

Alex est en train de… de le…

L'autre continue d'appeler « au secours » d'une voix suppliante et faible, et je me plaque les mains sur les oreilles. Mais la voix d'Alex me parvient. Plus forte :

— Sors de là, Étienne.

Je redresse la tête. Dans le noir total de la pièce, je distingue seulement le mince filet de lumière sous la porte.

— Sors de là sinon je défonce pis je vais te chercher. Pis ça, tu trouveras pas ça drôle, je te préviens !

Je ne peux pas sortir ! Je ne peux pas affronter le spectacle de ce jeune en train de se faire tuer par un psychopathe ! Je ne peux pas faire face à cette situation provoquée par… par moi, oui ! câlice ! par moi, je l'avoue, par moi, par moi ! mais je peux pas ! Je peux pas !

— Je te donne dix secondes, fait la voix du fou.

C'est clair : si je ne sors pas moi-même, Alex risque de me faire passer un mauvais quart d'heure.

Je ne fais pas le poids devant lui, je n'ai qu'à me rappeler le coup de poing qu'il m'a donné tout à l'heure…

Alors, je me lève, lentement, et tends la main vers la porte. J'étouffe un sanglot, tourne la poignée. Pour la première fois depuis des années, je demande vaguement l'aide de Dieu, puis sors des toilettes.

La salle semble s'être allongée de cent mètres. J'avance tel un somnambule. Alex est là, les mains dans le dos, calme. Il est placé entre la porte et moi. Toute tentative de fuite serait inutile. J'entends un gémissement sur ma droite et tourne la tête. Le jeune est étendu sur le dos, ses pieds ligotés à l'aide d'une corde à l'un des poteaux de la salle. Ses bras sont allongés au-dessus de sa tête et sont liés aux deux chaînes dont les extrémités s'enroulent autour du treuil à manivelle. Avec effroi, je comprends aussitôt le principe : en tournant la manivelle, les deux chaînes s'enroulent autour du treuil et les bras du jeune se font étirer. Un genre d'écartèlement. Ses bras, en ce moment même, sont déjà tendus au maximum et le malheureux, qui ne m'a pas vu encore, continue d'appeler à l'aide désespérément, ne comprenant absolument rien de ce qui lui arrive.

Je détourne la tête et tombe sur Alex, qui me dit tout simplement :

— Vas-y.

— Tu es fou, Alex !

— Ça va faire ! clame-t-il. Je suis tanné de jouer tout seul ! C'est à ton tour, maintenant ! Je t'ai montré les règlements, alors tu vas jouer tout de suite, tu m'entends ? *Tout de suite !*

Silence. Plus calme, avec un odieux sourire, il ajoute :

— Comme quand on était petits. Mais les couleuvres, c'est fini. On est des adultes, maintenant.

— Pitié…

C'est l'adolescent qui a marmonné ce mot. Il a le visage tourné vers moi, un visage couvert de sueur, un visage de martyr. Ses yeux sont implorants, remplis de détresse. Il veut que je l'aide, que je le sorte de là.

— Dé… détachez-moi… Je dirai rien… Je…

Ses bras si étirés, si tendus… Une larme, là, sur sa joue…

— Je dirai rien à personne ! Je vous le jure ! Pitié, dé… détachez-moi…

Et il se met à pleurer, comme un enfant, comme l'enfant qu'il est ! Il n'a que vingt ans, bon Dieu ! et il faisait du pouce, tout simplement, il ne voulait de mal à personne, et le voilà en train de souffrir inutilement, par ma faute ! *Par ma faute !*

Nausée, haut-le-cœur. Je m'élance vers la porte. Alex écarte lentement les bras de son corps, légèrement penché, et grogne littéralement :

— Vas-y. Essaie de passer…

Je m'arrête, épouvanté. Révolté, je lui crache au visage que je ne le ferai pas, que je n'achèverai pas ce malheureux, que je ne tuerai personne.

— Parfait ! rétorque sèchement Alex. Mais je te préviens, Étienne : si c'est moi qui dois l'achever, il va souffrir pendant des heures et des heures, je te le garantis !

Je m'élance vers lui, il me repousse sans aucune difficulté. Je fonce une nouvelle fois, il me frappe au cou et je tombe sur le plancher. Je me masse la

nuque en grimaçant. Je me relève enfin, éperdu. Je
ne dis rien, je ne bouge pas, je ne sais plus quoi
faire ! Derrière moi, le jeune a recommencé à appeler
à l'aide. Je lui hurle de fermer sa gueule.

— Vas-y, Étienne, fais-le taire ! Il n'en tient qu'à
toi ! Il s'en sortira pas de toute façon, tu le sais ! Ou
je m'en occupe et il va connaître l'enfer pendant
des heures, ou tu t'en occupes pis il est libéré dans
deux minutes !

La voix d'Alex, les appels du jeune, la tour-
mente dans ma tête… C'est trop, ça tourne, je vais
m'évanouir si je n'agis pas d'ici dix secondes, je
vais, je vais, je vais…

— *Vas-y, Étienne !* beugle Alex.

Alors je me mets en marche vers le treuil. Je
dévisage le jeune qui, sans cesser de hurler, me
regarde avec une épouvante sans nom. J'ouvre la
bouche pour lui dire quelque chose, je ne sais quoi,
mais ne trouve pas la force d'articuler le moindre
mot. Je saisis donc la manivelle, détourne la tête et
effectue un tour complet. Je veux juste faire taire
ces sons, ces supplications. Mais c'est le contraire
qui se produit : les cris redoublent, les mots deviennent onomatopées incohérentes et je ne peux
m'empêcher de tourner la tête vers lui. Les bras du
malheureux sont maintenant si étirés que la peau
devient laiteuse, se déchire même par endroits…
Malade d'horreur, je continue à tourner la manivelle. J'entends un craquement sinistre, le bras
gauche semble s'amollir. Les hurlements de la
victime, de *ma* victime, deviennent suraigus, sa
bouche s'ouvre démesurément et ses yeux dégouli-
nants de larmes ne sont que deux puits d'extrême
souffrance.

Criss! Je ne suis pas en train d'abréger ses souffrances, c'est le contraire! Je le fais souffrir davantage, comme un bourreau, comme un nazi, je le *torture*! Je lâche la manivelle et crie que je n'en peux plus, que c'est assez, que c'est l'enfer, assez, pour l'amour du Ciel, assez! Et Alex, à l'écart, toujours les mains dans le dos, me rétorque avec un calme qui me semble le pire des blasphèmes:

— Pis tu vas le laisser comme ça? Tu penses que pendant que tu parles, comme ça, il a moins mal? Plus tu attends, plus il souffre, Étienne! Plus *tu* le fais souffrir!

Et son regard sombre me lance un éclair qui me traverse le crâne et réduit en miettes toute la raison qui me reste. Brusquement, je reprends la manivelle, ferme les yeux et me mets à la tourner le plus rapidement possible. Un tour, deux tours, trois tours... Je ne vois rien, mais j'entends des bruits affreux, immondes: des chairs qui se déchirent, des os qui cassent, des cris si atroces qu'ils n'ont plus rien d'humain. La manivelle devient de plus en plus difficile à tourner, mais je transfère tout mon poids dessus. Les hurlements deviennent gargouillements, quelque chose de chaud et de collant éclabousse mes mains, mais je garde les yeux fermés et tourne, tourne encore... Je me mets à pleurer, je pleure à m'en arracher la gorge, je hurle mes sanglots pour couvrir ces sons intolérables... La manivelle est au maximum, je ne peux plus la bouger d'un centimètre, mais je force toujours... et tout à coup, toute tension disparaît, et je tourne avec aisance, comme si les chaînes s'étaient détachées. Plus de hurlements, plus de sons gluants, rien. Je devrais comprendre que c'est terminé, mais je tourne toujours, à deux mains, sanglotant, les yeux fermés. Et à travers la furie qu'est devenue ma conscience, j'entends Alex ordonner doucement :

— Tu peux arrêter.

Je lâche aussitôt la manivelle et m'éloigne en chancelant, tel un homme ivre. J'ouvre les yeux mais refuse de regarder derrière moi, vers le treuil. Je ne pleure plus, mais me mets à râler, convaincu que je vais piquer une crise cardiaque. Le plafond et le plancher fusionnent soudain, deviennent une masse informe, et, tandis que l'univers s'éteint, je perçois la voix d'Alex, satisfaite :

— C'est bien, Étienne. Maintenant, on va pouvoir jouer ensemble, comme avant… Désormais, personne va nous arrêter…

Je perds enfin conscience, en espérant ne plus jamais me réveiller.

◆

Après avoir ouvert les yeux, j'ai besoin de quelques instants pour me rappeler où je suis et ce qui s'est passé. Les souvenirs reviennent rapidement et je me lève d'un bond, m'attendant à tomber sur un Alex souriant et moqueur. Mais pas de trace du psychopathe. Mes yeux tombent sur le treuil. Le jeune n'est plus là non plus. Je m'approche, craintif. Aucune goutte de sang. Comme si rien ne s'était passé.

Ai-je donc rêvé ?

Je m'oblige à examiner les chaînes avec plus d'attention et finis par trouver une ou deux souillures pourpres. Non, tout est vraiment arrivé.

Alex est reparti. Qu'a-t-il fait du corps ?

J'entends presque sa voix me répondre : *Mais la même chose que ce que nous faisions avec les couleuvres, Étienne…*

Sur mes mains, du sang séché. Le sang du jeune qui me giclait dessus pendant que je tournais la manivelle. Pendant que je le torturais.

Pendant que je le tuais.

Car j'ai tué quelqu'un.

Le plancher vacille sous mes pieds.

J'ai tué quelqu'un.

Le décor se met à tourner. Merde ! je ne vais pas encore m'évanouir ! Je cours vers la porte et sors du garage. Dehors, le froid me mord rageusement, mais je ne songe même pas à attacher mon manteau. Je file vers ma voiture. Je m'engouffre à l'intérieur, démarre, commence à reculer puis me rappelle que je n'ai pas verrouillé la porte du garage. Tant pis ! De toute façon, je n'ai plus la clé ! Je m'engage donc dans le rang et roule à toute allure.

Je ne peux pas aller à Drummondville. Pas dans cet état ! Jamais je ne pourrai affronter mes parents, ni mes étudiants demain… Impossible !

Sur l'autoroute, je file vers Montréal, montant jusqu'à cent cinquante kilomètres à l'heure, poursuivi par la folie, le remords, le désespoir…

Cent fois, mille fois ces mots frappent ma conscience telle la masse fracassante d'un dieu vengeur : j'ai tué quelqu'un.

Je suis un assassin.

J'arrive enfin à Montréal. Je monte les marches de mon appartement lentement mais d'un pas incohérent, comme si mon mécanisme interne était brisé, trébuchant au moins cinq fois. À l'intérieur, je vais directement au téléphone et compose un numéro. Pendant que j'entends la sonnerie à l'autre bout du fil, je me demande comment je vais pouvoir parler sans hurler. Mais je réussis à expliquer à mon père que je suis malade et que je n'irai pas à Drummondville ce soir, ni à mon cours demain. Ma voix doit être vraiment étrange, car mon père s'inquiète réellement, me demandant si je ne devrais pas me rendre à l'hôpital.

— Non, non, ça va aller, dis-je dans un souffle. Faut juste que… que je me repose.

— Qu'est-ce que t'as, au juste ?

— Je pense que… que c'est des problèmes de digestion.

Et tout à coup, une envie de rire incongrue s'empare de moi et je serre les lèvres avec force. Problème de digestion ! Évidemment ! Bien sûr ! Je suis dans la merde jusqu'au cou, pas étonnant que j'en avale un peu ! Ma soudaine montée d'hilarité devient si irrésistible que je dois me mordre le dessus de la main pour ne pas éclater.

Quand je raccroche, je réalise que je ne sens plus mes jambes et je m'écroule sur le plancher. Sur le dos, je fixe le plafond, immobile.

Je suis un assassin.

Je tombe. Même couché sur le plancher, je continue à tomber.

◆

Je ne dors pas de la nuit, pas une seule seconde. Impossible de dormir en pleine chute. Au milieu de la nuit, je me suis levé pour aller me jeter sur mon lit, mais rien à faire : je continuais de tomber.

Ma chute me donne soudain froid et je me mets à trembler. Au matin, je suis tellement fiévreux que même ma peau devient insupportable. À huit heures, je ne sais comment, je réussis à appeler le cégep. J'explique que je suis malade, que je ne rentrerai pas au travail. La secrétaire me dit qu'elle transmettra le message, mais je sens la réprobation dans sa voix : c'est la deuxième fois en peu de temps que je suis malade. Pour un nouveau, je manque de bonne volonté... Qu'elle aille se faire foutre ! J'ai envie de lui hurler que j'ai tué quelqu'un, mais ma tête est si douloureuse que je raccroche.

Je me fais couler un bain brûlant et me glisse dedans. Pendant quelques instants, je goûte l'extase. Mais rapidement, le malaise revient, mon corps s'alourdit et tout à coup, je me sens m'enfoncer sous l'eau, malgré moi, comme si j'allais me noyer. Cette éventualité me charme brièvement, puis je me ressaisis, pris de panique, et réussis à sortir du bain.

Mes mains tremblantes ouvrent un flacon de comprimés... J'en avale trois... Me glisse dans mon lit, avec cinq couvertures de laine... Pas possible d'avoir froid comme ça...

J'ai froid parce que je n'ai plus d'âme... Elle m'a quitté hier soir, dans le garage de Saint-Nazaire, lorsque j'ai... lorsque j'ai

TUÉ

ce jeune, cet innocent, ce pauvre gars qui n'avait rien fait, qui était juste là au mauvais moment...

J'émets un son, ignorant s'il s'agit d'un sanglot, d'un rire ou d'un râle.

Non... Non, j'ai froid parce qu'il y a quelque chose d'immonde en moi, quelque chose d'insupportable, et cette chose me glace le corps, me glace le cœur, et elle me gèlera ainsi tant que je ne l'aurai pas expulsée de moi…

Je sais comment m'y prendre, comment la faire sortir : me lever et appeler la police. Seule solution, seul remède contre le cancer qui me ronge. Et je vais le faire. Quand j'en aurai la force, quand mon âme en miettes me laissera un court répit, je le ferai.

Heures de cauchemar, de délire… Et tout à coup, le téléphone… Mon regard fiévreux se tourne vers le réveil sur mon bureau : seize heures vingt ! Déjà ! Le temps passe donc si vite en enfer ?

Mon répondeur se déclenche et j'entends la voix de Louis :

— Je vais finir par croire que tu me fuis ! Qu'est-ce qui s'est passé pendant que j'étais à New York, tu es devenu adepte du yoga ? À moins que tu aies rencontré une fille ? Si c'est le cas, peux-tu arrêter de baiser ne serait-ce que cinq minutes pour m'appeler et tout me raconter ? Ciao !

Louis… Oui, pourquoi pas ?… N'est-ce pas le seul semblant d'espoir qu'il me reste ?

Je me lève, sors de mes draps. L'air ambiant me mord de mille dents et je gémis. Je titube jusqu'au téléphone. Mes doigts tremblent tellement que pour composer, je dois m'y reprendre à trois fois. En me reconnaissant, Louis s'inquiète. Je lui dis que je suis malade.

— Qu'est-ce que tu as ?

— Rien de grave… Écoute, Louis, je voudrais qu'on se parle, quand j'irai mieux… Disons demain ou…

Tout à coup, une autre idée se fraie un chemin jusqu'à mon cerveau en bouillie. Je lui demande s'il travaille vendredi après-midi. Non, seulement vendredi soir.

— Parfait, tu… tu vas descendre à Drummond-ville avec moi, d'accord ?

Stupéfait, il me demande pourquoi. Je m'assois, à bout de force, et lui explique péniblement que je dois lui parler de quelque chose d'important. D'accord, il veut bien, mais pourquoi aller au cégep avec moi ? Pourquoi ne pas se voir demain soir ?

— Louis, t'es mon ami, oui ou non ? que je lâche dans un souffle. Je te demande de venir avec moi à Drummondville vendredi ! Je t'expliquerai ! Là, je suis trop… trop malade pour…

Je me tais, à bout. Louis finit par accepter, per-plexe.

— Heu… Tu veux pas que j'aille faire un tour tout de suite ? propose-t-il. T'as vraiment l'air de…

Je le remercie, lui dis que je passerai le chercher vendredi vers midi, puis raccroche.

De retour dans mon lit, je me remets à trembler. Mais je sais que maintenant, peu à peu, l'entité froide et glaciale va fondre, va s'évaporer, jusqu'à dispa-raître.

Pour ainsi céder la place à la résignation et à la misère.

◆

Durant la nuit suivante, je ne dors pas non plus, hanté par mille images des jours derniers : Alex, les deux garagistes morts, la femme étranglée, le jeune torturé par mes mains… Et lorsque je réussis à les repousser, ce sont des images du futur qui me gardent les yeux ouverts…

À dix heures du matin, par contre, je ne me sens plus fiévreux ni malade. Je vais prendre une douche, m'habille et réalise que je n'ai pas mangé depuis trente-six heures. Je sors. Il ne reste plus aucune trace de neige dehors, mais le froid glacial me fait du bien et secoue l'immense fatigue qui engourdit mon corps.

Au restaurant, je mange comme un condamné avale son dernier repas.

Je marche jusqu'à l'avenue Rosemont. J'entre dans le premier bar que je vois. Il y a peu de clients, surtout des hommes dans la cinquantaine. Le barman semble surpris de me voir. Je commande une bière.

Le barman tente de jaser un peu. Il me dit que l'hiver commence tôt, qu'on annonce une grosse tempête pour demain soir, que la saison de ski devrait être bonne… Je le regarde sans un mot.

Je bois six bières durant tout l'après-midi et je reste assis au bar, sans parler ni rien faire.

À l'heure du souper, je vais manger dans un McDonald, puis retourne dans un autre bar, plus *in,* où la clientèle est davantage de mon âge. Je m'assois au comptoir et bois trois autres bières en une heure.

Une fille pas vilaine du tout vient me parler, me drague doucement. Je suis soûl et je finis par lui marmonner en la prenant par la taille :

— Je suis un assassin, moi, tu devrais faire attention…

Elle rit et je l'imite. On se raconte n'importe quoi. Je la caresse avec une audace que je ne me connais

pas, mais elle se laisse faire. Vers vingt et une
heures, très allumée, elle me marmonne qu'elle n'en
peut plus et qu'elle veut qu'on aille chez elle tout
de suite.

Dans son appartement, on se déshabille sans
perdre de temps et deux minutes après, je suis sur
elle en train de la chevaucher, alors que je délire
presque de fatigue. Elle gémit, pousse des cris, se
caresse les seins, bref, joue le grand jeu. Normalement, cela aurait dû me faire perdre la tête de désir,
mais je ne sens aucune excitation sexuelle. Pourtant,
je veux la baiser, je veux faire quelque chose de
vrai, de vivant, de normal et de sain, avant de...
avant de...

— Tu aimes ça ? me demande-t-elle entre deux
gémissements.

— Et toi, tu aimes ça ?

Elle roucoule des « oui, oui » en se cambrant de
plus belle.

— Tu aimes ça te faire baiser par un assassin ?

Elle rigole, mais pas moi. Je lui agrippe le bassin
à deux mains et la soulève légèrement sans cesser
mon va-et-vient.

— Tu aimes ça te faire fourrer par une queue de
tueur ?

Elle rit moins, me demande même d'arrêter ça
en me lançant un coup d'œil contrarié. Mais je me
penche tout près de son visage et marmonne :

— Tu aimes ça, oui ou non ?

Non, elle n'aime plus ça du tout et me dit même
que c'est assez. Mais moi, je redouble de vigueur,
mes mouvements deviennent brutaux.

— Tu sais c'est quoi, tuer quelqu'un ?

— Arrête, je te dis…
— Tu sais c'est quoi ?
— Arrête !

Et elle me repousse brutalement. Elle se lève aussitôt, se cache le corps avec son chemisier et pleurniche doucement, éperdue. Moi, sur le lit, je me frotte le visage, vaguement écœuré. Je me lève, m'habille et, tandis que la fille me traite de malade, je sors sans un mot.

Dehors, je marche rapidement vers chez moi, les mains dans les poches. C'était sûrement ma dernière baise avant vingt ans. Vif succès !

Je ricane, un ricanement plus froid encore que la noirceur de cette nuit sans étoiles.

Je suis tellement fatigué que l'envie de me coucher là, sur le trottoir, m'apparaît comme la plus confortable des solutions. Quand je rentre enfin chez moi, il y a de la glace sur mes joues. J'ai dû pleurer sans m'en rendre compte.

J'ai à peine la force d'enlever mon manteau avant de me jeter sur mon lit et je m'endors avant d'atteindre le matelas.

◆

Alex et moi, tous deux enfants, sommes debout devant le grand rocher plat. Sur celui-ci se trouve mon vélo, à l'envers, et du sang coule du dérailleur. Il y en a trop pour que ce soit du sang de couleuvre, même de grenouille ou de hamster.

Au loin, entre les arbres, un petit bonhomme se sauve en hurlant de douleur. Et moi, je l'appelle avec affolement :

— Éric ! Éric, reviens ici !

Éric ? Je ne me souviens d'aucun Éric…

Tout à coup, sans cesser de hurler, la silhouette devient floue, puis se volatilise, comme une brume dans le vent, et les arbres se mettent à osciller singulièrement. La voix d'Alex, derrière moi, murmure :

— Il va prévenir ses parents… pis les nôtres.

Je me tourne vers lui. Alex s'éloigne vers les arbres, mais ses pieds ne bougent pas, comme s'il flottait. Son regard intense est fixé sur moi, mais devient de moins en moins précis, se dilue. Quelque chose me dit que je devrais regarder derrière moi, vers la pierre plate, vers les arbres surtout, à l'orée de la petite clairière. Mais je ne me retourne pas.

— Le jeu est fini, Étienne, fait Alex sans remuer les lèvres. De toute façon, je déménage bientôt à Saint-Eugène.

Autour, le décor change, pâlit, comme si le temps le ternissait à toute vitesse.

— Peut-être qu'on va se revoir un jour…

Son doigt sur son front, puis sur le mien… Un doigt que je ne sens plus… Il me sourit de ses dents tordues.

— De toute façon, on a eu du fun ensemble, hein ?

— T'as raison. Au moins, ça valait la peine.

Au moment où je prononce ces mots, un homme surgit de derrière le grand buisson. C'est mon père, étrangement tangible au milieu de ce décor maintenant en noir et blanc. Il me dévisage, furieux, et lance :

— Te voilà ! Qu'est-ce que tu…

Mais il voit soudain quelque chose derrière moi, vers le rocher plat, vers les arbres, et il se tait, abasourdi. La nuit tombe d'un seul coup, comme si une main de colosse venait de couvrir le soleil, de le broyer.

— Seigneur, marmonne mon père.

Alors, à mon tour, je commence à tourner la tête, pour regarder, pour voir, mais me réveille avant.

Le jour est levé depuis longtemps. Couché sur le dos, je scrute le plafond. Voilà, c'est aujourd'hui. Aujourd'hui que je vais faire ce que j'aurais dû faire dès le départ. Sauf que maintenant il est trop tard pour moi.

Je n'ai envie ni de pleurer, ni de hurler, ni rien. La tristesse en moi est étrangement douce, comme si la résignation était un soulagement.

Une libération.

Le téléphone sonne, je ne réponds pas. Sur le répondeur, je reconnais la voix de la secrétaire du cégep qui, froidement, constate que je n'étais pas là ce matin, qu'une trentaine d'étudiants ont attendu pour rien et que la direction aimerait bien savoir ce qui s'est passé. Je ne prends évidemment pas la peine de rappeler.

Je me lève. Je fouille dans mon placard, là où je range toutes mes vieilles choses, puis finis par trouver le mini magnétophone dont je me suis tant servi durant mes cours universitaires. Je mets des piles neuves à l'intérieur, vérifie s'il fonctionne : tout est OK.

Il est dix heures vingt.

◆

Après être monté dans ma voiture, à midi moins cinq, Louis m'a tout de suite dévisagé comme si quelque chose n'allait pas.

— Merde, t'as vraiment pas l'air en forme, toi… T'es sûr que tu vas mieux ?

Je lui souris, le rassure, puis on démarre. Il me redemande le but de ce petit voyage, mais je lui précise qu'il le saura seulement quand nous serons à destination. Il rigole, ayant finalement pris le parti de s'en amuser :

— On dirait un chum qui veut faire une surprise à sa blonde. On est-tu rendus un vieux couple, mon Étienne ?

Je réussis à sourire.

Sur l'autoroute vingt, les nuages n'ont jamais été si bas, des nuages lourds et noirs, comme si on était déjà à la fin de l'après-midi.

Louis se souvient que normalement j'enseigne le matin. Je lui explique que j'ai pris congé afin de lui parler.

— Ouais ! Ça doit être grave pour vrai !

Il sourit encore. Pourtant, je le sens intrigué.

En cours de route, il me parle de son voyage à New York. Je l'entends, mais sans vraiment l'écouter, me sentant flotter doucement au milieu de cette douce résignation qui m'habite depuis mon réveil. Au bout d'une quarantaine de minutes, comme je ne réponds que par monosyllabes d'un air absent, Louis finit par soupirer :

— Tu n'as pas l'air de m'écouter, toi !

— Pas vraiment, non.

Je ne veux pas lui mentir. Plus de mensonges, plus de fuites, plus d'hypocrisie. Assez.

Louis fronce les sourcils, comprenant enfin que cette rencontre ne sera pas très distrayante.

— Étienne, qu'est-ce qui se passe ?

Nous dépassons la sortie de Saint-Valérien. Je le prie de patienter encore un peu. Il me demande si c'est grave, je lui dis oui. Il insiste, mais je lui répète seulement d'être patient.

— Criss, Étienne, je t'ai jamais vu de même ! Comprends-tu ça ?

— Dans dix minutes, Louis, même pas.

Le silence tombe, à l'exception de la radio qui joue en sourdine. Du coin de l'œil, je vois mon ami secouer la tête, boudeur mais aussi inquiet. Louis, mon grand, mon meilleur ami… Quel choc, quelle déception il va avoir…

Enfin, je prends la sortie de Saint-Nazaire. Interloqué, mon passager me demande ce qu'on va foutre là. Je ne réponds rien, mais la résignation en moi devient plus acérée, plus pointue. Quand, au feu clignotant, je tourne sur le rang désert, Louis saisit soudain mon volant et je dois m'arrêter.

— Ça va faire, Étienne, y a une limite ! Dis-moi ce qui se passe !

Je me tourne vers lui.

— De toutes les demandes que je t'ai faites depuis qu'on se connaît, celle-là est la plus importante. Je te supplie d'attendre encore deux minutes. Peux-tu faire ça pour moi ?

Mon expression doit être assez résolue, car il lâche le volant et recule même légèrement la tête, impressionné.

Nous repartons. Deux minutes plus tard, j'entre dans la cour du garage. Louis ne dit rien. Je sors de la voiture et mon ami m'imite, regardant d'un air perplexe les carcasses de voitures tout autour.

Le vent est fort et glacial, traverse mon manteau et me mord la chair. Je marche jusqu'à la porte du garage. Elle est toujours débarrée. Personne n'est

donc venu depuis mardi. À l'intérieur, la lumière
est toujours allumée. Je fais quelques pas et m'arrête au milieu de la salle. J'entends Louis me suivre
puis s'arrêter. Il dit :

— Y a personne, on dirait…

Je ferme les yeux. Je ne me tourne pas vers lui.
Pas tout de suite. Comme si je repoussais jusqu'à
l'ultime limite ce moment, ce point de non-retour.

— Qu'est-ce qu'on fait ici, Étienne ?

Il va exploser de colère d'une seconde à l'autre.
Alors, j'ouvre les yeux et me retourne, en poussant
une longue expiration. À trois mètres de moi, il me
dévisage avec agacement et inquiétude.

J'ouvre la bouche et lui raconte tout. Depuis le
début. Sans rien cacher, sans rien atténuer, sans
essayer de minimiser mes actes ou ma responsabilité. Je livre les faits, tout simplement, avec un
calme dont je ne me serais jamais cru capable.

Il a commencé par rire, m'a dit d'arrêter de dé-
conner. Puis, ç'a été la stupéfaction, le déni, et, lentement, très lentement, l'effroi. Plusieurs fois, il a
essayé de m'interrompre, me lançant des : « Voyons,
arrête de me niaiser ! » ou des « C't'une farce, ça ! »,
mais à un moment je me suis fâché et j'ai crié :

— Laisse-moi finir, calvaire !

À partir de là, il n'a plus rien dit. J'ai repris aussitôt mon calme et terminé mon histoire.

Au bout d'une quinzaine de minutes, je me tais
enfin. Légèrement voûté, il me dévisage intensément, et la confusion sur son visage est telle que
j'en ai pitié. Parmi toutes les émotions qui se bous-
culent en lui, la colère prend le dessus un bref
moment et, en tendant un doigt tremblant vers moi,
il murmure d'un air réellement menaçant :

— Étienne, si tout ça est une farce, tu arrêtes tout de suite, sinon je te casse la gueule !

— Je te jure que c'est vrai. Tout est vrai. Je te le jure sur mes parents, sur notre amitié... sur tout l'amour que j'ai éprouvé pour Manon.

Je sens alors que tout s'écroule en lui. Son corps chancelle et je le vois chercher quelque chose d'un œil hagard, sûrement une chaise pour s'asseoir. Ne trouvant rien, il se met à marcher, d'abord lentement, puis de plus en plus vite, tournant presque sur lui-même, remontant sans cesse ses petites lunettes rondes sur son nez. De nouveau, je m'en veux de bouleverser ainsi sa vie, ses convictions.

Il s'arrête enfin. J'ai remarqué que, consciemment ou non, il s'est éloigné de moi. Sans me regarder (j'ai l'impression qu'il ne me regardera plus jamais), il parle avec difficulté, comme s'il employait une langue qu'il maîtrisait mal.

— Étienne, tu... tu viens de me dire que tu as... que tu as tué quelqu'un, que... Voyons donc ! comment tu... qu'est-ce que...

Il émet le plus pathétique, le plus triste des ricanements que j'aie jamais entendus. Il enlève ses lunettes, les nettoie maladroitement :

— Je peux pas y croire, ciboire ! C'est pas... Je suis pas ici, en ce moment, c'est pas possible, c'est pas...

Il se tait, incapable de continuer, à bout de cohérence. Pour la première fois, je me justifie :

— Je n'avais pas le choix, je t'ai expliqué pourquoi ! Je ne pouvais pas le...

Je ne termine pas non plus. Comment continuer, d'ailleurs ? Nous en sommes à ce point où les mots n'ont plus de sens, tombent dans l'insignifiance. L'écroulement absorbe tout. Pourtant, il faut que j'aille au bout. Je prends une grande respiration et réussis à poursuivre :

— Si je t'avais tout dit à Montréal, hier soir, t'aurais jamais voulu venir ici avec moi. Mais il fallait que tu viennes, parce que je veux... je veux que tu le voies, Louis, que tu l'entendes tout raconter lui-même, sans qu'il le sache !

Il me regarde enfin. Déconcerté, effrayé, mais il me regarde quand même ! Et cela me donne tout à coup une bouffée d'espoir :

— Si on l'arrête tout de suite, il va nier sa responsabilité, il va dire que j'ai décidé autant que lui dans tout ça, mais c'est faux ! Et il faut que tu en sois sûr, que la police en soit sûre ! Alors, pour ça, tu... tu vas te cacher quelque part dans le garage et moi, je vais le faire parler ! Il va penser qu'on est juste tous les deux, il ne fera pas attention à ses paroles ! Je vais m'arranger pour qu'il avoue tout ! Tu vas être mon témoin, tu comprends ? Tu vas voir que le monstre, c'est lui ! Tu vas voir qu'il m'a manipulé ! Ça n'effacera pas ce que j'ai fait, c'est vrai, mais...

Je me passe une main dans les cheveux, puis termine dans un murmure :

— ... ça va peut-être m'aider un peu au procès...

Louis me dévisage en silence, comme s'il regardait quelque chose qu'il ne comprend pas, une aberration qui le dépasse. Moi-même, je ne reconnais plus mon ami... mais l'est-il encore ? J'avance d'un pas vers lui :

— Tu vas te cacher et je vais m'arranger pour qu'il parle !

— Il est hors de question que je fasse ça ! lance-t-il en reculant.

Ce geste me blesse profondément et le furtif espoir que j'avais ressenti pâlit dangereusement.

— Je ne peux pas faire ça ! Tu m'avoues que… que tu as été mêlé à quatre meurtres, que tu es même le… (Il grimace, incrédule) l'auteur de l'un d'eux, et tu veux… tu veux que…

Il fait un geste violent de la main, recommence à marcher sans but.

— *Je peux pas !* Je devrais même pas être ici, câlice ! Je suis un flic, moi, tu sais très bien ce que je devrais faire !

— M'amener au poste directement, je le sais ! Tu ferais ça avec n'importe qui d'autre. Mais dans ce cas particulier, Louis, tu vas suivre la procédure normale ? Même avec moi ?

Il cesse de marcher et nos regards fusionnent un bon moment. L'immense, l'incommensurable déception que je lis dans ses yeux me tue.

— C'est justement ça, le problème, marmonne-t-il. C'est qui, ça, *toi* ? Je ne le sais plus.

C'est pire que je ne le croyais. Pourtant, ce n'est que le commencement. Car plus tard, ce seront les inspecteurs et surtout mes parents… Comment vais-je y survivre, mon Dieu ? Si la déception dans les yeux de Louis m'anéantit, quel effet aura sur moi le total désespoir dans ceux de papa et de maman ? J'ai soudain envie de me laisser tomber sur le sol et de ne plus en bouger, plus jamais.

Louis pousse un affreux soupir. Il regarde autour de lui et son regard tombe sur le treuil avec ses deux chaînes. Il blêmit en une seconde.

— C'est avec ça que… que tu as…?

Il n'achève pas sa phrase. J'hésite à répondre.

Assumer. Assumer jusqu'au bout.

— Oui.

Il fixe encore un moment l'appareil, fasciné.

— Et les corps? demande-t-il sans quitter le treuil des yeux.

Il est plus cohérent, plus calme, même si je sens encore sa profonde détresse. Je lui explique que je n'en sais rien : Alex a expliqué qu'il faisait avec eux la même chose que ce qu'il faisait aux couleuvres après les avoir torturées, mais je n'en garde aucun souvenir, justement…

Silence. Louis se gratte le front avec une telle fureur qu'il se lacère presque la peau. Je jette un œil à ma montre : treize heures trois. Il me reste peu de temps pour convaincre Louis. J'esquisse un pas vers lui, puis m'arrête : il n'aimerait peut-être pas.

— Écoute, Louis, il va falloir que j'aille le chercher très bientôt si… si tu acceptes de… de m'aider.

Il demeure silencieux, le regard rivé à ses pieds. Je devine l'indescriptible dilemme qui doit le déchirer. Mais son silence est déjà plus conciliant que ses protestations antérieures et m'incite à persister.

— Regarde, il y a une trappe au plafond. Tu pourrais te cacher là et…

Je sors mon petit magnétophone de sous mon manteau et le tends vers lui.

— Tu pourrais enregistrer la conversation… Ça pourrait… ça pourrait m'aider et l'inculper, lui, encore plus…

Il regarde le magnétophone un moment. Cette fois, j'ose marcher vers lui. Il n'a aucun geste.

— Louis, je t'en prie, fais-le pour moi. Pour les amis qu'on a été… Pour…

Je veux dire : « pour les amis que nous sommes », mais je n'ose pas.

Louis demeure dans cette position, la tête penchée, parfaitement immobile, pendant si longtemps que je me demande s'il n'a pas perdu conscience debout, mais je l'entends enfin souffler, à contre-cœur :

— Comment est-ce que je peux monter là-haut ?

Cette fois, je ne peux m'empêcher de lui mettre la main sur l'épaule, alors que j'aurais voulu me jeter à ses pieds et pleurer toutes les larmes de mon corps. La voix brisée, je me contente de bredouiller « merci ». Il lève enfin les yeux. Je jurerais qu'il est aussi malheureux que moi.

— Je le fais parce que, d'une certaine façon, je pense que… que j'y crois pas encore…

Je hoche la tête. Il ajoute :

— Et si ça peut t'aider un peu, hé bien… tant mieux…

Au moment où il dit ces mots, une brève lueur passe dans son regard, une lueur appartenant au Louis que je connais, mon ami de toujours. Lueur fugace, brève, mais qui me réchauffe le cœur. J'essaie de sourire, mais je crois que le résultat ressemble davantage à une grimace.

Nous trouvons un escabeau. Je monte et ouvre sans difficulté la trappe. À l'intérieur, un vieux grenier poussiéreux et vide, d'environ un demi-mètre de haut, pauvrement éclairé par une minuscule lucarne. Je redescends et explique à Louis qu'il n'aura qu'à se coucher et attendre, en laissant la trappe entrouverte. Je lui tends le magnétophone. Il le considère avec scepticisme.

— Je ne pense pas que ça puisse servir de preuve dans un tribunal, Étienne.

C'est la première fois qu'il prononce mon nom depuis que je lui ai tout raconté. Je ressens de nouveau un semblant d'espoir.

— On peut quand même essayer…

Il soupire, prend le magnétophone.

— Tu enregistres notre conversation, et quand tu considères que tu en as assez, tu interviens et tu l'arrêtes… Enfin, tu… tu *nous* arrêtes.

— Vous arrêter avec quoi ? Je suis en civil, je n'ai aucune arme contre ton Alex ! Non, je n'interviendrai pas, c'est trop risqué. Une fois qu'il aura déballé tout ce… ce que tu veux qu'il dise, tu lui déclares que tu ne veux plus le voir, ou je ne sais quoi ; en tout cas, tu t'arranges pour qu'il s'en aille. Ensuite, toi et moi, on appelle la police de Drummondville… Ils vont venir t'arrêter…

Il défile tout cela d'une voix inégale, hachurée. Il se tait un moment, me regarde intensément et ajoute sur un ton grave :

— Et à partir de là, ça va débouler, Étienne. Ça va débouler vite en criss, je te préviens.

Je reste silencieux.

Il monte l'escabeau, très lentement, puis se hisse dans le grenier. Son corps disparaît un moment, puis son visage revient par l'ouverture de la trappe.

— Juge-moi pas trop sévèrement, Louis, dis-je soudain avec pathétisme. Attends de le voir, de l'entendre, attends de voir quel monstre il est… Tu vas peut-être mieux comprendre après.

Il ne réplique rien, mais je crois percevoir un très léger hochement de tête. Puis son visage se retire.

Je vais replacer l'escabeau à sa place. Au moment de sortir, je jette un dernier coup d'œil vers le grenier, espérant voir Louis une dernière fois ; mais la trappe est presque entièrement refermée, ne laissant paraître qu'une mince ouverture. J'imagine mon ami couché sur le dos, seul dans ce grenier, à broyer du noir, à essayer de comprendre… et je sors en vitesse.

Dehors, il fait moins froid que tout à l'heure, mais les nuages sont encore plus noirs. Dans ma voiture, je constate qu'il est treize heures dix. Dans quelques minutes, Alex arrivera sur l'autoroute, direction Montréal. Je dois donc dépasser Saint-Eugène, prendre la prochaine sortie et revenir sur mes pas.

Cinq minutes après, je suis sur l'autoroute. J'ai envie de rouler à toute allure, mais ce serait trop bête, et surtout trop ironique, de se faire arrêter par la police *maintenant*… surtout pour excès de vitesse.

Trois minutes plus tard, je passe devant la sortie de Saint-Eugène. Je regarde rapidement à ma gauche, vers la voie en sens inverse, et reconnais Alex, déjà au poste sur l'accotement. Son pouce n'est pas levé.

Tandis que la prochaine sortie approche, je me dis soudain que je pourrais fuir, rouler jusqu'aux États-Unis, ne plus jamais revenir ici…

… et tout oublier ? Amis, parents ? Recommencer à zéro ? Vivre caché, dans la peur constante qu'on m'arrête ? À cette seule pensée, une immense fatigue s'abat sur moi... et je prends la sortie.

Ma voiture refait le trajet en sens inverse, jusqu'à ce que j'aperçoive la sortie de Saint-Eugène et Alex, immobile, les mains dans les poches de son anorak rouge.

Je m'arrête et le regarde approcher dans mon rétroviseur.

De nouveau, cette douce et réconfortante tristesse, cette rassurante résignation... mais aussi, une pointe de nervosité. Il faut que je joue serré.

Il monte, replace sa tuque sur sa tête en soupirant d'aise.

— On va avoir toute une tempête, j'ai l'impression !

Je garde le silence. Il me regarde enfin, souriant. Comme le premier jour où je l'ai fait monter. Ce jour que je maudirai jusqu'à la fin de ma vie finie.

— Tu n'es pas surpris que je sois au rendez-vous ? que je demande enfin.

Son sourire devient narquois, son regard plus sombre.

— Non. Maintenant, tu peux pas prévenir les flics. T'es aussi impliqué que moi.

Ses lèvres se retroussent, ses broches brillent un moment.

— T'as joué, toi aussi...

Je hoche la tête, puis retourne sur la route. Dans ma tête, tout va très vite. Il faut que j'aie l'air un peu nerveux. Je ne devrais pas avoir trop de difficulté à y parvenir.

— Je t'ai fait monter parce qu'il faut qu'on se parle, Alex.

— Évidemment ! Avec toi, il faut toujours parler ! Parler, parler, parler !

Je ne réagis pas, espérant qu'il me relance. Ce qu'il fait, d'une voix basse et insupportablement sirupeuse :

— Vas-y, parle-moi... Dis-moi ce que t'as ressenti après avoir tué ce jeune, l'autre jour... Admets que t'as pas haï ça, que tu y as pris plaisir...

La nausée m'envahit. Je serre le volant avec force, pris d'une soudaine envie de hurler, ou d'ouvrir la porte et de le pousser à l'extérieur en espérant qu'un dix-roues lui passe sur le dos, lui broie tous les os du corps... mais après avoir pris deux ou trois grandes inspirations intérieures, je réussis à dire d'une voix égale :

— Je ne veux pas parler dans l'auto. Au garage.

Du coin de l'œil, je le devine abasourdi.

— Tu me demandes, *toi*, d'aller au garage ?

— Je veux tout comprendre, Alex, je veux me souvenir de tout, aller jusqu'au bout... Et je pense que le meilleur endroit pour ça, c'est le garage. Je me trompe ?

Je tourne la tête vers lui. Une expression de profonde fierté couvre son visage, comme un entraîneur qui verrait enfin les progrès de son poulain, et il répond doucement :

— Non, tu te trompes pas...

Nous nous taisons un moment. Je sens mon cœur battre à tout rompre et, pour avoir l'air naturel, je dis :

— Si c'est pour te mettre en retard à ton travail, je peux aller te voir plus tard et...

Je me tais, me traitant d'imbécile. J'en mets trop, je risque de me fourrer un doigt dans l'œil

jusqu'au coude, mais je suis rassuré d'entendre
Alex me répondre :

— Je te l'ai dit l'autre jour : le magasin est à mon
oncle, je peux me permettre d'arriver en retard.
D'ailleurs…

Sa voix se teinte d'une sombre complicité :

— … ce sera pas la première fois.

Nouveau silence et, avec soulagement, je vois
enfin la sortie de Saint-Nazaire.

Une fois dans la cour du garage, je mets un certain temps à éteindre mon moteur, pour être sûr
que Louis, à l'intérieur, l'a bien entendu. Je sors et
marche vers le bâtiment, la démarche un peu raide,
comme un mauvais comédien qui essaie de se
souvenir de ses déplacements. Sur la route, une
voiture passe à toute vitesse, mais je ne tourne
même pas la tête pour la regarder. Que nous atti-
rions l'attention ou non n'a plus d'importance
maintenant. Quand j'ouvre la porte, Alex, derrière
moi, me lance :

— Tu n'as pas barré la porte la dernière fois ?
Pas très prudent, ça !

Il dit ça d'un ton moqueur, détaché. Moi, j'ai
l'impression que les battements de mon cœur
résonnent dans toute la campagne environnante,
jusqu'au tréfonds de la forêt derrière le garage.

Nous avançons dans la salle. Je regarde rapidement vers le plafond. La trappe est entrouverte.
J'imagine Louis, à l'affût, mettant en marche le
magnétophone. Je m'arrête et me retourne. Alex
continue de marcher, me dépasse, regarde autour
de lui comme un propriétaire heureux de retrouver
sa maison.

— Et le corps du jeune, Alex ? que je lance tout
à coup.

— Comme les autres, répond-il avec détachement, sans cesser de déambuler, les mains dans les
poches. Comme les couleuvres.

Il s'approche du treuil, l'examine un moment
d'un air amusé. La nausée m'engourdit la bouche.

Je perçois un bruit en haut et lève la tête. La
trappe s'ouvre un peu plus et le visage de Louis
apparaît. Affolé, je lui indique de se cacher. Louis
semble hésiter, une drôle d'expression sur son
visage, comme s'il ne comprenait pas. Enfin, la
trappe revient à sa position initiale.

Alex, qui me tournait le dos, n'a rien vu. Allons !
Plus de temps à perdre !

— Il faut qu'on parle.

Alex s'arrête, se retourne. Il détache son manteau,
enlève sa tuque et la met dans ses poches, décon-
tracté :

— On est ici pour ça, non ?

D'un geste sec, je m'essuie les lèvres, me demandant nerveusement comment débuter. Je me lance
enfin, la voix un peu survoltée :

— Toute cette histoire est allée trop vite ! Je me
suis ramassé dans une suite d'événements incont-
rôlables ! J'ai fait des choses que je n'aurais jamais
faites en temps normal ! Pour commencer, je t'amène
ici et tu tues deux garagistes sans que je le sache !
Ensuite, on revient pour s'expliquer, mais tu assas-
sines à mon insu une troisième personne ! Une
femme ! Finalement, tu me mets dans une situation
tellement… tellement horrible, tu me manipules
avec… de manière si diabolique que je me vois

obligé de… (J'avale ma salive) de tuer quelqu'un à mon tour ! C'est trop, Alex, trop !

Je me rends compte que ce petit laïus est un peu grotesque et manque complètement de naturel. D'ailleurs, Alex lui-même, toujours les mains dans les poches, affiche un air médusé. Tant pis, aussi bien aller dans cette voie jusqu'au bout :

— C'est ça qui est arrivé, hein, Alex ?

Il hausse les épaules en ricanant.

— Très grossièrement résumé, oui…

Intérieurement, je hurle de joie : malgré la nuance qu'il apporte, il vient d'avouer son implication !

— Mais tu veux te donner bonne conscience. Cet ado, mardi soir, c'est toi qui l'as attaqué ! Pis c'est toi qui es venu me chercher pour avoir de l'aide ! Au fond, ce que tu voulais, c'est recommencer à jouer avec moi, n'est-ce pas ? Tu…

— Arrête avec ça ! que je le coupe, agacé. Je ne voulais pas *jouer*, comme tu dis, je n'ai jamais voulu jouer ! J'ai paniqué et j'ai commis une bêtise, c'est tout ! C'est ma faute, c'est vrai, et je ne nie pas ma responsabilité, je l'assume !

J'articule ces derniers mots avec force, pour être certain que l'enregistreuse de Louis les capte, mais le volume de ma voix doit être anormalement élevé, car Alex me dévisage comme si j'avais perdu la raison. Je baisse donc un peu le ton pour continuer, fébrile :

— Mais avoue que tout est arrivé par ta faute ! Tu es celui qui m'a entraîné dans ce cauchemar ! J'ai été faible et lâche, c'est vrai, mais tout est arrivé à cause de toi ! Tu as tué trois personnes et tu m'as poussé moi-même au meurtre ! *Avoue !*

Je suis ridicule, j'en suis conscient ; en haut,
Louis doit être découragé par mon comportement.
Mais je suis trop énervé pour être nuancé, pour
être subtil, et puis *fuck!* je suis pas policier, moi, je
fais ce que je peux ! Alex écarquille les yeux, cette
fois complètement déconcerté. Il écarte les bras de
son corps, les mains ouvertes, et rétorque :

— Mais qu'est-ce qui te prend, de te défendre de
même ? On dirait que… que… Tu veux te convaincre
ou quoi ? Ou me convaincre, moi ? Ou…

Et tout à coup, je devine l'illumination en lui. Il
plisse les yeux et me fouille l'âme de son regard
soudain ardent. Je me tais, pétrifié d'effroi. Ça y
est, j'ai tout gâché ! Alex se met à regarder autour
de lui avec méfiance, puis marche rapidement vers
la salle de bain, qu'il ouvre brutalement. Il fait rapidement le tour du garage, fouille dans les coins,
derrière la vieille voiture à demi démontée. Moi, je
n'ose pas bouger, je respire à peine. S'il découvre
Louis, qu'est-ce qui va se passer ?

Immobile au milieu de la pièce, il continue de
regarder partout, insatisfait, et tout à coup il lève
les yeux. Il voit la trappe entrouverte. Cette fois, je
ne respire plus du tout. Louis doit être sur le qui-
vive, prêt à l'attaque…

Alex me regarde enfin. Une colère incandescente,
doublée d'une étrange et réelle déception, déforme
son visage soudain blême. Et alors que je me prépare
à me défendre, il tourne les talons, court vers la
sortie et s'élance dehors. Par la porte ouverte, je le
vois courir vers la route.

Mes poumons se remettent enfin en marche et,
la voix cassée, je crie à Louis qu'il peut descendre,

qu'Alex s'est sauvé. Tout en parlant, je vais chercher l'escabeau et le place sous la trappe. Pendant
de longues secondes, il ne se passe rien, comme si
Louis s'était volatilisé et, inquiet, je l'appelle une
seconde fois. Enfin, la trappe s'ouvre, les jambes
de mon ami paraissent et, très lentement, il descend,
se retrouve devant moi. Il a l'air sonné, comme un
boxeur qui vient de subir un K.O., penché par en
avant, les mains sur les genoux, les lunettes de travers. Il regarde vers le sol en prenant de grandes
respirations.

— Tu as tout entendu, hein, Louis ? Tu l'as vu et
tu as tout enregistré, n'est-ce pas ?... N'est-ce pas ?

Il lève la tête vers moi et replace ses lunettes.
Son regard confus, rempli autant de compassion que
d'horreur.

— Oui, marmonne-t-il. J'ai tout vu, j'ai tout entendu...

Je me tais, soulagé et triste. Il a maintenant la
preuve que tout est vrai, la preuve qu'Alex est un
monstre, mais la preuve aussi que j'ai vraiment tué
quelqu'un. Et tout cela le bouleverse, le remue au
point qu'il ne sait plus comment me considérer :
comme une victime... ou comme un tueur.

Et moi, je me considère comment ? Un peu des
deux, peut-être...

— Louis, est-ce que... est-ce que tu vas m'aider ?

Son visage devient grave. Il se redresse complètement. Dans son regard, je vois toujours ce
mélange déconcertant de pitié et de répulsion.

— Je vais faire tout ce que je peux, Étienne, je
te le jure.

Tandis que je renverse la tête pour pousser un
long soupir, mon ami marche vers le bureau. Car

nous en sommes à l'étape suivante : il va appeler la police. Je le préviens que, maintenant, la ligne du téléphone doit être coupée. Il prend le téléphone, me fait signe qu'il fonctionne et commence à composer. Il s'interrompt, me regarde avec une sorte de gêne.

— Je pense que... ce serait mieux que tu sortes, pendant que j'appelle...

Il est mal à l'aise de préparer mon arrestation en ma présence. Cette attention me touche particulièrement : n'est-ce pas la preuve qu'il a encore un peu d'amitié pour moi ? Et s'il me demande de sortir, c'est parce qu'il sait que je ne me sauverai pas. Malgré tout, il a confiance en moi. J'ai vraiment pris la meilleure décision en amenant Louis ici.

Je sors du garage et referme la porte derrière moi. Le vent s'est levé et j'attache mon manteau. Je lève mon visage vers les lourds nuages et l'offre au vent, comme s'il pouvait me purifier de la boue des dernières semaines.

Je me sens épuisé comme je l'ai rarement été, vidé de toute énergie. Maintenant que j'ai agi comme je le devais, toute l'adrénaline est disparue, laissant derrière elle un immense vide. Je vais donc dans ma voiture et me laisse tomber sur la banquette en soupirant d'aise.

Un peu de repos... J'en ai besoin... car bientôt, le vrai chemin de croix va commencer... Mais au moins je le parcourrai la conscience claire...

Je ferme les yeux. Je me sens bien, assis ainsi... Je glisse lentement dans cet état si confortable et si fragile qui se situe entre le sommeil et l'éveil. Je me sens ailleurs, désincarné, tout en étant conscient de la banquette, de ma voiture, de cette présence qui passe tout près de ma portière…

Je sursaute, rouvre les yeux et regarde à l'extérieur. Mais il n'y a personne. Tout est calme, la porte du garage est ouverte, les ruines de voitures sont dociles.

Je m'enfonce dans mon siège, m'oblige au calme. Plus rien ne peut arriver, maintenant, tout est fini.

Je regarde l'heure : quatorze heures. Il est plus tard que je ne le croyais. Mais que fait donc Louis ? Je me retourne vers le garage, fixe la porte ouverte…

Ne l'avais-je pas fermée tout à l'heure en sortant ?

Oh, mon Dieu…

Je sors de la voiture, cours vers le garage, arrache presque la porte, entre à toute vitesse… et intérieurement, je sais qu'il est trop tard, que la folie, la démence, la fatalité sont plus puissantes que moi, que mes efforts…

Alex debout, qui tient un vieux morceau de métal dans les mains… un garde-boue de vélo, tout rouillé… aux arêtes tranchantes et toutes rougies de sang… et Louis étendu sur le sol, Louis au visage si lacéré, si taillardé que je ne le reconnais pas, Louis qui baigne dans son propre sang, Louis mort, car c'est arrivé encore une fois, encore, et encore, et encore… !

Quelqu'un hurle, et c'est moi. Quelqu'un recule, et c'est moi. Quelqu'un agite les bras comme un pantin fou, et c'est moi ! Et je crois entendre Alex me crier :

— Si tu pensais m'avoir avec une ruse aussi stupide ! Tu me connais pourtant mieux que ça, Étienne !

C'est assez, je ne peux plus, je ne veux plus, assez de morts, de sang, de folie, dehors, vite, mais il y a encore du sang, sur le sol, dans le ciel, vite à ma voiture, du sang sur le capot, entrer, là du sang sur mon volant, du sang encore, partout, je vais me noyer et mourir dans tout ce sang, je démarre mais n'entends pas le moteur, je hurle trop, partir, vite, marche arrière, du sang dans mon rétroviseur, dans la rue, dans le champ à perte de vue, recule toujours, en criant, criant, et et et un choc, ma voiture tressaute, coup au visage, le sang, la mort, les cadavres…

… et les ténèbres.

◆

Brouhaha dans le noir. Une rumeur qui s'approche, se clarifie. Une voix. Celle du jeune. Le jeune mort. Le jeune que j'ai tué.

Ça me dérange pas que vous palioheul…

… palioheul…

La voix se transforme. Quelqu'un d'autre.

Hé… Réveille-toi !… Hé !…

J'ouvre les yeux. Mal au crâne. Je suis toujours derrière mon volant. La portière est ouverte et un homme d'une cinquantaine d'années, casquette sur la tête et grosse moustache brune, est penché sur moi, rassuré de me voir vivant. Dehors, il neige. Une neige compacte, dense. La nuit pointe le bout de son nez. Avec étonnement, je constate qu'il est seize heures. Seigneur ! Je suis demeuré évanoui dans ma voiture deux heures !

— Y a pas dix chars par jour qui passent ici ! fait le bonhomme. Vraiment la pire route pour avoir un accident !

Rapidement, je comprends ce qui s'est passé :
j'ai reculé trop vite et le pneu droit arrière a glissé
dans le fossé. Le déséquilibre a propulsé mon visage
contre le volant. J'ai du sang sur mon manteau, mon
visage. Je touche mon front douloureux en grimaçant. Pourvu que la coupure ne soit pas trop
profonde...

Je vois enfin le garage, de l'autre côté de la
route.

Louis... Mon pauvre Louis...

— Qu'est-ce qui t'est arrivé, au juste ?

Confus, je regarde l'homme. J'ai l'impression
qu'il s'agit d'un extraterrestre.

— Si tu voulais aller au garage à Lafond, ça
donne rien. Imagine-toi qu'il a été tué il y a une
couple de semaines pis...

— Allez-vous-en.

— Hein ?

Je lui hurle de partir et, mi-effrayé, mi-furieux,
il s'éloigne en maugréant des imprécations inau-
dibles. Trente secondes plus tard, son *pick-up* est
déjà loin.

Je sors enfin de la voiture. Devant moi, le garage
semble m'attendre. Les carcasses de voitures sont
déjà recouvertes d'une fine couche blanche.

Je ne veux pas y retourner, mais je dois le faire.
Pour Louis. Pour mon ami. Pourtant, je sais très
bien ce que je vais trouver.

Un sanglot me monte à la gorge. Je m'efforce
de l'étouffer, puis traverse la rue.

Comme prévu, le garage est vide. Aucune trace
de lutte. Aucune trace de Louis. Évidemment. *Évidemment !*

— Mais qu'est-ce que tu fais avec les corps! que je hurle, les poings serrés.

Je vois alors les lunettes de Louis sur le sol. Brisées.

Je m'assois par terre et, les jambes écartées, les mains entre les cuisses, je pleure. Je croyais ne plus pouvoir pleurer, mais la réserve de larmes, semble-t-il, est une citerne aussi immense que la misère humaine.

Louis qui m'a fait confiance… Louis qui voulait m'aider… Louis qui est mort par ma faute… Un autre…

Tout à coup, je songe sérieusement à me tuer. À m'enlever la vie. Cela me semble même la meilleure des solutions. Mais je pense aussitôt à mes parents, et je rejette cette idée.

Je me lève, marche vers le bureau. Je veux appeler la police, mais constate que la ligne du téléphone est arrachée. C'est sûrement arrivé pendant la… Louis a-t-il eu le temps d'appeler la police? Manifestement non, sinon elle serait ici depuis longtemps…

Je me mets en marche vers la porte du garage, le pas lourd comme si j'avais des souliers de ciment. Un objet rectangulaire attire mon regard sur le sol.

Mon petit magnétophone. Sûrement tombé du manteau de mon ami. Mon ami mort.

Je le ramasse, appuie sur la touche «rewind», puis sur «play». De l'appareil surgit ma voix:

— … as vu et tu as tout enregistré, n'est-ce pas?… N'est-ce pas?

Et la voix misérable de Louis:

— Oui, marmonne-t-il. J'ai tout vu, j'ai tout entendu…

J'appuie sur «stop» et mets l'appareil dans ma poche. Ce témoignage sera-t-il utile, maintenant? Je suis loin d'en être convaincu…

Dehors, la nuit progresse rapidement. Je monte dans ma voiture. Seule la roue droite arrière est dans le ravin, et pas trop profondément. Avec ma traction avant, je devrais pouvoir me sortir de là. Après quelques essais, la voiture est de retour sur le chemin.

Sur l'autoroute vingt, mes phares éclairent de plein fouet les gros flocons de neige qui se précipitent vers moi. La radio joue, mais je m'en rends à peine compte. Je sens couler des larmes sur mon visage, mais je ne pleure pas vraiment. Je vais chez mes parents. Pas la force d'aller à la police. Je vais tout raconter à mes parents. Ensuite, je vais me coucher. Et attendre.

Quand je me stationne devant leur maison, il fait totalement nuit et la voiture de mon père est déjà toute couverte de neige. J'entre dans la maison sans un mot. J'entends la voix de ma mère, surprise, qui demande qui c'est. En me voyant, c'est d'abord la surprise, puis l'inquiétude:

— Mais… Mais tu saignes!

Mon père apparaît, un livre à la main, et s'alarme à son tour. Je veux les rassurer, je leur dis que ce n'est rien de grave, un petit coup sur la tête, mais ils continuent à s'agiter. Brusquement, je les coupe:

— Écoutez, je suis… je suis venu vous dire quelque chose de très… très important…

Ma voix tremble légèrement. Mes parents se consultent du regard, comprennent que c'est sérieux. Rien pour les tranquilliser.

— Bon, fait ma mère nerveusement. Viens nous dire ça pendant que je te soigne…

Toujours avec mes bottes et mon manteau, je me retrouve dans la cuisine, assis sur une chaise. À ma droite, ma mère me lave le visage avec une serviette trempée et mon père, devant moi, attend, les bras croisés, un rien angoissé.

Ils attendent que je parle.

— P'pa… M'man…

Seigneur, je n'y arriverai jamais ! J'ai juste envie de me jeter dans leurs bras et de leur demander pardon, pardon d'avoir tout gâché, pardon de leur faire autant de mal. Je me mordille la lèvre, sur le point de pleurer de nouveau, et tout à coup, ma mère s'étonne :

— Mais… mais il n'y a aucune blessure sur ton front, Étienne… Ni ailleurs sur ton visage…

Qu'est-ce que ça veut dire ? D'où vient ce sang, alors ? Ma mère rejoint mon père, me dévisage avec un début de panique.

— Étienne, mon chéri, qu'est-ce qui s'est passé ?

— Mais dis quelque chose avant de nous rendre fous ! s'énerve mon père.

— Vous vous rappelez Alex Salvail, mon ami d'enfance ?

Ça y est, c'est parti. Et ces quelques mots ont déjà un effet dévastateur sur mes parents : ils écarquillent les yeux comme si je venais de leur annoncer la pire des aberrations. Manifestement, ils se souviennent de lui… Mon Dieu ! Comment réagiront-ils quand ils sauront le reste ? En fixant le plancher, je poursuis :

— Je ne me souvenais pas de lui, évidemment, mais il y a trois semaines, j'ai… j'ai fait monter un

gars sur le pouce, et... et peu à peu, je me suis sou-
venu de lui... Et il m'a... il m'a...

Je me tais, à bout, comme si je venais de courir
le mille mètres. Je lève la tête pour implorer leur
aide, leur compréhension... Ils me dévisagent tout
à coup comme si je venais de me transformer en
insecte géant. Dans leurs yeux, il y a... de la peur,
oui, carrément. Ma mère marmonne un «Mon Dieu»
aigu, la main sur la bouche. Mon père, lui, se détourne et contemple le plancher, les mains sur les
hanches. Auraient-ils déjà tout compris? Ça me
semble impossible...

Alex m'a dit que mes parents me cachaient des
choses...

— Qu'est-ce qu'il y a? que je demande avec ap-
préhension.

— T'es... t'es sûr que c'est Alex Salvail? demande alors mon père, toujours de dos. Le même
que quand t'étais petit?

Gravement, je réponds que oui. J'en suis même
trop sûr.

Ma mère s'approche alors de moi. Elle est prête
à pleurer, mais je vois qu'elle s'efforce de rester
calme. Et, à son regard désespéré, je ressens tout
l'amour qu'elle a pour moi. Elle me prend par les
épaules doucement, se penche et marmonne, la voix
douloureuse :

— Étienne... Alex Salvail n'existe pas...

Je ne réponds rien, pris au dépourvu. Qu'est-ce
qu'elle raconte là? Je finis par lui dire que je ne
comprends pas. Elle va sûrement préciser sa pensée,
s'expliquer, mais elle se contente de répéter, en
détachant chacun des mots :

— Alex Salvail n'a jamais existé, mon chéri.

Cette fois, je ne peux m'empêcher de secouer la tête avec irritation. Alex m'a donc menti : mes parents n'ont jamais entendu parler de lui.

— Écoute, m'man, j'ai joué avec lui quand j'avais huit ans.

— C'était un ami imaginaire que tu t'étais inventé, Étienne ! intervient mon père d'une voix retenue, toujours de dos.

Mais qu'est-ce qui se passe, qu'est-ce qui leur prend ? Cette discussion prend une tournure sur-réaliste parfaitement incongrue. Je suis même sur le point de me fâcher, mais ma mère, toujours en me tenant les épaules, m'explique doucement. Durant tout le temps qu'elle parle, elle essaie de sourire, pour me rassurer, pour se rassurer elle-même, pour m'assurer de son amour et de son soutien.

— Jusqu'à ce que tu aies huit ans, on restait dans un autre quartier de la ville, où tu avais plein d'amis. Mais quand on a déménagé ici, tu ne connaissais personne et il n'y avait presque pas d'enfants dans le coin. Tu n'as jamais été capable de supporter la solitude, mon chéri, alors tu t'es…

Je pousse un petit ricanement. Voyons, c'est ridicule ! Mais ma mère est toujours sur le point de pleurer et je me tais, impressionné, tandis qu'elle poursuit :

— Beaucoup d'enfants ont des amis imaginaires, évidemment, mais… pas comme dans ton cas… C'était… (elle renifle, poursuit :) Au début de notre premier été ici, tu nous as dit avoir rencontré un garçon de ton âge, un certain Alex Salvail… Tous les jours, tu allais le rejoindre dans les bois, avec ton vélo que tu aimais tant… Nous, on… on te croyait, on pensait que… (elle soupire) C'est vrai qu'on ne l'avait jamais vu, ton ami, on aurait dû trouver ça bizarre, mais tu disais qu'il habitait un peu plus loin et… pourquoi on aurait eu des doutes, pourquoi on aurait pensé que…

Les larmes coulent. Mon père, toujours de dos, ne bouge pas. Moi, je suis assis, mais je ne sens plus la chaise sous mes fesses. Et je continue d'écouter cette histoire abracadabrante…

— Tout a bien été pendant quelques semaines, poursuit ma mère, la voix cassée. Mais au bout d'un mois, il s'est passé quelque chose… Un après-midi, le père d'Éric Picard est arrivé ici, fou de rage… Éric Picard, c'était un des seuls enfants du quartier, il avait six ans et il était déficient mental… Ses parents n'étaient pas très prudents et le laissaient souvent jouer dehors, sans trop de surveillance. Complètement hystérique, monsieur Picard nous a dit que… que sa femme était partie à l'urgence avec son fils, parce qu'il était revenu à la maison en pleurant, la main pleine de sang… Il lui manquait même un doigt ! Éric était attardé, mais il pouvait quand même parler, et il aurait affirmé que… que c'était toi qui l'avais amené dans le bois pour lui montrer quelque chose et que tu l'aurais… tu lui aurais…

— Tu as rentré sa main dans le dérailleur de ton bicycle ! coupe alors mon père en se retournant. Tu imagines ?

Il s'approche de moi. Il y a de la colère dans ses yeux, mais je sais que ce n'est qu'une façade : derrière sa rage, il y a autant de tristesse et de pitié que chez ma mère.

— Tu l'as obligé à mettre sa main dans le dé-railleur pendant que tu tournais les pédales, que tu

changeais les vitesses, c'est ce qu'Éric Picard a
raconté à son père en braillant comme un veau ! Il
a de toutes petites mains, et un de ses doigts a… (Il
fait un geste rageur.) Il fallait que le bonhomme
Picard aille rejoindre sa femme à l'urgence, mais
moi, je me suis tout de suite précipité dans le bois
à ta recherche ! J'arrivais pas à y croire ! Pas toi !
C'était pas ton genre de faire des affaires de
même ! Je me suis dit que ça devait être ton nouvel
ami, ce Alex Salvail, qui t'influençait de même !
Là, je regrettais de ne pas l'avoir rencontré avant !
Je te cherchais, je t'appelais ! Je sais pas comment
j'ai fait, mais j'ai fini par te trouver !… Et j'ai vu !
J'ai vu, Étienne, j'ai vu !

À l'évocation de ces souvenirs, ses yeux s'emplissent de souffrance. Ma mère pleure doucement.
Moi, paralysé, engourdi, je lui demande d'une voix
aérienne :

— Qu'est… qu'est-ce que tu as vu ?

Oui, qu'est-ce qu'il a vu, derrière le buisson,
derrière la roche plate, *qu'est-ce qu'il a vu ?*

Mon père me regarde droit dans les yeux. Et
malgré tout l'amour et toute la tristesse que j'y vois,
je comprends qu'il m'en veut ! Je pense soudain au
regard de Louis, tout à l'heure… lorsqu'il vivait…

— Ton bicycle… à l'envers sur une roche plate…
le sang dessus… et les couleuvres…

Il se tait et soupire. Quoi, les couleuvres ? J'ai
envie de me lever, de le secouer de toutes mes
forces et de lui hurler : « Qu'est-ce qu'elles avaient,
les couleuvres ? » Mais je me contente de respirer
plus rapidement, et mon père enchaîne presque
aussitôt, en secouant la tête :

— Elles étaient toutes clouées dans les arbres ! Au moins une centaine, peut-être plus, la plupart déchiquetées ! Toutes accrochées aux branches, elles pendaient dans le vide, comme d'horribles guirlandes !

Je me raidis soudain. Un flash

On pourrait garder les cadavres, hein, Étienne ? On pourrait les clouer dans les arbres, comme des trophées ! Ça ferait comme un immense rideau de couleuvres mortes ! Ça serait écœurant, tu penses pas ?

me traverse l'esprit. Mais je ne peux pas réfléchir plus longuement car mon père continue, en me mettant à son tour ses mains sur les épaules :

— Mais le pire... le pire, c'est... c'est que t'arrêtais pas de pointer le vide, avec ton doigt, et tu disais, effrayé : «C'est lui qui m'a tout montré. C'est lui !» Tu te tournais vers ce... vers ce vide et tu implorais : «Dis-lui, Alex ! Dis-lui !»...

Sur mes épaules, ses mains serrent avec plus de force et je comprends avec incrédulité qu'il est sur le point de pleurer à son tour, chose que je n'aurais jamais cru possible.

— Mais il n'y avait *personne*, Étienne ! gémit-il en me secouant légèrement, sûrement sans s'en rendre compte. Tu étais seul, comprends-tu ? Il n'y avait personne ! Il n'y a *jamais* eu personne !

Mon souffle s'accélère de plus en plus. C'est pas possible, une histoire comme ça ! Ça tient pas debout ! Je veux protester, mais je suis incapable de proférer le moindre son, comme je suis incapable de bouger ne serait-ce que ma main. Mon père lâche enfin mes épaules et détourne le regard.

— Pendant que je te ramenais à la maison, tu continuais à parler à… à ton ami, à lui demander de te défendre, comme s'il nous suivait… Et tu… tu lui répondais, comme s'il te parlait ! Comme si tu l'entendais ! Je te criais d'arrêter, qu'il n'y avait personne, mais tu continuais, et moi, je… je ne comprenais plus rien, je pensais devenir fou !

J'entends ma mère sangloter.

Tout bascule autour de moi. Ce n'est pas ce qui devait se passer, pas du tout ! Cette histoire est aberrante, je suis en train de la rêver, c'est certain ! J'entends vaguement ma mère prendre le relais. Elle dit que j'ai vu un psychologue, qui a expliqué que j'étais une personne incapable de vivre dans la solitude, que j'avais toujours besoin de quelqu'un, quitte à l'inventer. Sauf que le psychologue ne comprenait pas pourquoi mon subconscient avait créé un être si cruel… Il avait donc suggéré que nous nous débarrassions de tout ce qui se rattachait à cet Alex Salvail. Et tout à coup, j'entends mon père ajouter :

— On s'est débarrassés de ton bicycle. Je suis allé le vendre loin d'ici, chez un certain Lafond, à Saint-Nazaire… Je le connaissais un peu, il ramassait plein de ferraille et il donnait des bons prix…

Je sens enfin quelque chose dans mon corps : mon sang qui se glace.

— Je t'ai amené avec moi, continue mon père qui regarde toujours le mur. Pour que tu te rendes compte par toi-même que toute cette partie-là de ta vie était finie… Je t'ai amené chez Lafond et t'as vu ton bicycle disparaître dans son garage… Je m'attendais à ce que tu pleures ou combattes, mais tu n'as pas réagi du tout…

Mon père a alors un petit rictus désagréable et, avec une ironie amère :

— Quand je pense qu'il a été tué, lui, il y a une couple de semaines…

Et il s'éloigne de quelques pas, les mains sur la tête, confus. Une grosse boule douloureuse gonfle mon estomac. Je n'arrive toujours pas à bouger, je ne peux que fixer stupidement ma mère, qui m'explique :

— On s'est rendu compte que tu avais développé un… une sorte de blocage, que tu ne parlais plus d'Alex, ni de tout ce qui s'était produit avant… Ton père et moi, on a décidé d'entretenir ton blocage, de nourrir cette amnésie… La vie a continué, tu as fini par te faire quelques amis, et comme plus tard tu ne te souvenais toujours de rien, on a… on a inventé cet accident, ce coup de portière sur la tête…

— Ton amnésie t'intriguait de plus en plus, il a bien fallu inventer une raison, ajoute mon père, toujours de dos. On ne voulait pas tout te raconter, te dire la vérité… Pourquoi ? Cela aurait donné quoi ?

— On aurait peut-être dû lui en parler, rétorque ma mère, la voix pleine de remords, et elle s'essuie les yeux en se mordant la lèvre inférieure.

Mon père hausse les épaules, mais il est ébranlé et se remet à marcher de long en large. Je réussis enfin à venir à bout de la guimauve qui pétrifie mes lèvres et j'articule péniblement :

— C'est… c'est pas possible, je l'ai… je le prends depuis trois semaines dans ma…

— Tu peux pas l'avoir embarqué, Étienne ! s'écrie soudain mon père en se plantant devant moi. Tu peux pas ! Il existe pas, comprends-tu ? Il existe pas !

Et ma mère qui pleurniche, comme si elle se parlait à elle-même :

— Oh, mon Dieu, ça recommence, *ça recommence* ! Quand tu t'es retrouvé seul après que Manon t'a quitté, j'ai eu peur ! J'y ai pensé ! Tu n'as jamais pu rester seul, jamais !… Et ce cours que tu donnes au même moment, sur des histoires d'horreur… Misère ! j'aurais dû intervenir, j'aurais dû !

Je réfléchis un moment. C'est vrai que tout cela est arrivé en même temps, que tout cela a coïncidé avec mes rêves, avec l'arrivée d'Alex… Je me secoue. Et alors ? Ça ne veut rien dire ! Et tout à coup, je comprends, et l'illumination est si puissante qu'elle brise ma paralysie.

— Vous me mentez ! que je crie en me levant d'un bond. Vous me racontez n'importe quoi !

— Voyons, Étienne ! bredouille ma mère, blessée d'une telle réaction. Pourquoi on te…

— Vous savez ce qui s'est vraiment passé et vous voulez me le cacher ! Alex me l'a dit que…

— Alex t'a rien dit parce qu'il existe pas ! vocifère mon père, hors de lui. Tu l'inventes ! Comme avant ! Tu fais monter personne dans ton auto, tu parles tout seul ! Tout seul !

Deux larmes coulent finalement de ses yeux et il se détourne de nouveau, les bras croisés. Ma mère, par contre, ne pleure plus. Elle regarde le sang sur mon manteau, ce sang qu'elle a essuyé sur mon visage, et ses yeux s'emplissent d'effroi, comme si une terrible idée venait de lui traverser l'esprit.

— Qu'est-ce… qu'est-ce qui s'est passé, Étienne ? Qu'est-ce qu'il t'a obligé à faire, cette fois ?

À ces mots, mon père fait volte-face, blanc comme la mort.

Nous nous dévisageons tous les trois en silence pendant de longues secondes, debout tout près les uns des autres et aussi tellement loin. Un nuage sombre commence alors à se former devant moi. Lentement, je me mets à reculer, sans quitter le nuage des yeux. De l'autre côté, je perçois mes parents, maintenant terrifiés.

— Étienne, réponds-nous ! aboie la voix effrayée de mon père. Qu'est-ce que *tu as fait* !

Je tourne les talons et sors de la maison en courant. Je saute dans ma voiture et, tandis que je démarre, j'entends les cris de mon père, qui me poursuit jusque dehors. La tempête est maintenant commencée, et même s'il est encore tôt, il n'y a plus personne dans les rues. Malgré le froid, je suis couvert de sueur. Ils me mentent ! Ils me mentent comme ils m'ont menti durant toutes ces années ! Mais une phrase, une seule, prononcée par mon père, est peut-être vraie, et c'est elle qui me lance sur la route, c'est elle qui me mènera à l'explication finale…

Et les couleuvres, Étienne… Elles étaient toutes clouées dans les arbres ! Toutes accrochées aux branches !

À la radio, je crois entendre un animateur affirmer qu'une alerte météo est lancée, que tous devraient demeurer à la maison et que d'ici peu la plupart des routes seront fermées. Exaspéré, je ferme l'appareil et me concentre sur la route devant moi.

Sur l'autoroute vingt, la tempête et la nuit rendent la visibilité difficile. De temps à autre, je dépasse une voiture. Je roule trop rapidement, de façon imprudente, mais je veux arriver au plus vite. Durant tout le trajet, je continue à me dire que mes parents me mentent, que pareille histoire est impossible…

et pourtant, malgré moi, dans la confusion de mon esprit tourmenté, une foule de détails troublants me reviennent en mémoire…

Ce malaise que j'ai ressenti lorsque je suis allé à Saint-Nazaire il y a un mois… Et lorsque nous sommes allés au garage la première fois, et que j'ai presque perdu connaissance…

Non, ce n'est pas possible…

Je réalise alors que le nuage sombre qui était apparu, chez mes parents, m'a suivi. Je le vois, dans mon rétroviseur, derrière la voiture, masse opaque dans la trombe blanche…

Je dépasse deux autres voitures. La mienne oscille légèrement, je maintiens le volant le plus droit possible. Je ne veux pas réfléchir, je veux seulement aller vérifier si…

… les couleuvres, dans les arbres…

Mais les souvenirs se poursuivent malgré moi et je repense au jeune que j'ai tué… À la halte routière, dans les toilettes… Sa façon de me regarder, en sortant de la cabine…

Vous pouvez faire ce que vous voulez, c'est pas de mes affaires… Ça me dérange pas…

Son air alarmé, comme quelqu'un qui ne veut pas contredire un…

Ça me dérange pas que vous palioheul…

Cette fin de phrase, embrouillée par le coup que je lui ai donné…

… palioheul… paliéoueul… parliétouseul…

Les mots se détachent, deviennent clairs, me sautent au visage et m'arrachent les yeux, me crèvent les oreilles.

Ça ne me dérange pas que vous parliez tout seul…

— Impossible ! que je crie de toutes mes forces.

Je frappe sur mon volant, m'oblige à la colère et à la fureur, pour empêcher la panique de monter en moi, et pour faire reculer le nuage sombre, derrière ma voiture, qui allonge lentement ses tentacules glauques...

La sortie de Saint-Nazaire, enfin ! Au loin, le feu clignotant perce le rideau de neige et me fait signe. Je tourne enfin à droite. Dans cette tempête, le rang est encore plus lugubre. La visibilité est si faible que je vois le garage une seconde trop tard et passe tout droit. En grognant, je recule, rentre dans la cour et freine brusquement. Mes pneus glissent, je percute légèrement une vieille carcasse maintenant toute couverte de neige et ma voiture s'immobilise enfin.

À un peu plus de cent mètres derrière le garage, je distingue tant bien que mal la lisière de la forêt.

La forêt... et les *arbres*.

Je sors, ouvre le coffre de ma voiture et y trouve ma vieille lampe de poche. Je dépasse le garage et me retrouve en pleine campagne, balayé par le vent glacial. Ma lampe de poche fournit un éclairage dérisoire mais suffisant pour me guider vers la sombre forêt qui approche très, très lentement. La neige me monte déjà aux mollets, le vent me fait parfois reculer d'un pas, mais j'avance toujours et, au bout de cinq ou six minutes, j'atteins enfin l'orée de la forêt. Je balaie les arbres avec ma lampe de poche. Ils sont tous pareils, tous sombres, dénués de feuilles, déjà couverts de poudre...

Mais je vais trouver... Je sais que je vais trouver...

Là, à vingt mètres à l'intérieur de la forêt... Ces ombres différentes...

Je me faufile entre les arbres. Dans les bois, le vent et la neige sont moins déchaînés et je distingue mieux autour de moi. J'avance d'un pas saccadé, énervé, en éclairant non pas vers le sol, mais vers le haut.

Et soudain, je les vois. Tous les trois apparaissent dans le faisceau lumineux de ma torche. La femme au vélo. Le jeune de la halte routière. Et Louis, mon pauvre Louis. Cloués par les pieds aux branches d'un immense chêne. Leurs cadavres gelés oscillent, lugubres, sous l'agression du vent.

Je fais encore quelques pas, puis mes pieds touchent quelque chose sous la neige. Je me penche, fouille avec mes mains sans gants et tombe sur plusieurs immenses clous, un marteau, une échelle… Tout cela provient sûrement du garage. J'ai dû apporter ça ici la première fois que…

Non, pas moi ! Alex ! Alex !

Je relève ma lampe vers les cadavres. La lumière frappe leur visage. Leurs yeux exorbités sont tournés vers moi et me dévisagent, accusateurs.

— C'est pas moi ! que je crie vers eux. C'est Alex ! Pas moi ! Pas moi, Louis !

Mes pieds accrochent encore quelque chose : c'est un bras, couvert de sang gelé. Un des bras du jeune que j'ai tué.

Et là, entre les arbres, une masse plus noire que la nuit. C'est le nuage sombre, toujours là, toujours à ma suite…

En courant, je sors de la forêt et traverse la campagne, de la neige jusqu'aux genoux. Mes mains sont si gelées que je laisse tomber ma lampe de poche. Je ne distingue rien devant, sauf les deux phares de ma voiture, que je ne quitte pas des yeux.

Enfin, j'ouvre la portière et m'engouffre à l'intérieur. Je pousse une série de soupirs, puis me mets à crier. Ça ne peut pas être moi qui ai fait ça ! Je m'en souviendrais, criss ! je me souviendrais de tout ! Par exemple, je me souviens que… que…

Je cesse de crier, stupéfait.

… qu'à chacun des meurtres j'ai eu des moments de défaillance, de flottement.

La première fois, lorsque Alex est entré dans le garage et que j'ai failli perdre connaissance tant je me sentais mal…

Lors du meurtre de la femme au vélo, j'ai eu deux défaillances : la première quand je me suis frappé la tête contre une pierre, en tombant… et la seconde lorsque j'ai vomi dehors, complètement confus…

Avec le jeune, deux défaillances aussi : une quand je me suis enfermé dans les toilettes du garage, et une autre quand je me suis évanoui après l'avoir tué…

Et avec Louis, encore deux autres : dans la voiture tandis que je l'attendais et que je m'étais presque endormi, et lorsque je me suis assommé contre le volant, en reculant dans le fossé…

Des défaillances, des dérives mentales durant lesquelles je perdais toute notion du réel, qui avaient duré un temps difficile à évaluer : jamais je n'avais regardé l'heure après. Sauf la dernière fois, après mon évanouissement dans la voiture…

Mes mains tremblent, et pas seulement de froid. Je serre les dents. Ça ne prouve rien ! Absolument rien ! Je lève la tête et hurle vers mon pare-brise, vers la forêt au loin :

— Ça prouve rien !

Au milieu de la campagne, le nuage sombre progresse, approche, insensible aux bourrasques et à la neige.

Affolé, je fouille dans mes poches à la recherche de mes clés... et tombe sur mon petit magnétophone.

La voilà ! La voilà, la preuve que ce que je dis est vrai, que je ne suis pas fou ! La voilà !

Je veux appuyer sur «rewind», mais mes doigts sont gelés, j'échappe l'appareil, maudit imbécile ! je le reprends, appuie sur la touche. Tandis que le ruban recule, le nuage sombre s'infiltre dans ma voiture. Il est là, à mes pieds, et il a commencé à dévorer mes jambes. Mais je m'en moque : dans une minute, la preuve éclatera ! Je constate alors que, dans mon énervement, j'ai appuyé sur la touche «forward». En poussant une exclamation de colère, j'appuie sur «play» et la voix de Louis se fait entendre :

— *C'est ça, je ne rentrerai pas travailler ce soir, je... je dois aller livrer quelqu'un à la police de Drummondville et on risque d'avoir besoin de moi...*

Pendant un moment, je ne sais pas à qui il parle, puis je comprends qu'il est au téléphone. En sortant de sa cachette, il a dû oublier de fermer le magnétophone dans sa poche et son appel à la police a aussi été enregistré. Je comprends aussi qu'il a commencé par appeler à son bureau à lui, à Montréal et, intrigué, je me mets à écouter. La voix de Louis est bouleversée :

— *Oui, un gars qui a tué trois ou quatre personnes, je... je suis en civil, mais je vais l'amener à Drummondville... C'est... c'est compliqué, je t'expliquerai...*

Pourquoi parle-t-il de moi comme si j'étais le seul coupable ? Sa voix devient encore plus chevrotante :

— *Non, je n'aurai pas besoin d'aide, parce que… Il croit qu'il est une victime, que c'est un autre, mais…Il est seul…Il a inventé cette autre personne… Je l'ai vu parler tout seul, c'était… c'était…*

Le froid de mes mains envahit soudain tout mon corps. Mais qu'est-ce qu'il raconte ? Qu'est-ce qui lui prend ?

— *Non, je ne lui ai rien dit, j'ai pas osé, je… Je voulais appeler les flics de Drummond, mais je vais finalement l'amener au poste… Profiter du petit voyage pour essayer de lui parler… Oui, exactement, je…*

Bruit de déglutition, comme s'il retenait un sanglot, puis :

— *Je le connais, oui, c'est… Je t'expliquerai… Au revoir…*

Son du téléphone qu'on raccroche. Je ne peux pas quitter le magnétophone des yeux, comme s'il s'agissait d'un animal dangereux qui allait me mordre d'une seconde à l'autre. Tout à coup, la voix de Louis, surprise, résonne de nouveau :

— *Qu'est-ce que tu fais ici ? Je pensais que tu m'attendais dans la voiture…*

Il me parle ! Mais je ne suis pas retourné dans le garage pendant qu'il… qu'il était vivant ! J'en suis sûr !

J'en suis sûr !

La voix de Louis devient de plus en plus nerveuse :

— *Mais pourquoi tu… Qu'est-ce que tu fais avec…Non, arrête, ne…*

Un coup, un cri. Je me mords la lèvre inférieure jusqu'au sang, paralysé d'épouvante. Un nouveau coup, bruit de chute, puis plus rien : le magnétophone, sous le choc, s'est sûrement arrêté.

Je lève la tête vers le rétroviseur. Quel est ce visage hagard et tourmenté qui me fixe avec ces yeux hallucinés ?

— Non, que je marmonne, la voix rauque.

Je commence à secouer la tête en répétant sans cesse ce «non» obstiné, d'une voix de plus en plus forte, de plus en plus haute, et ma tête tourne si vite d'un côté et de l'autre que le cou me brûle, et je répète non, non, non, non sans cesse, la voix aiguë comme celle d'un enfant, d'un bébé, et le nuage sombre continue de m'avaler, morceau par morceau, mord maintenant mon bassin, atteint mon ventre…

Avec rage, j'appuie sur la touche «rewind» du magnétophone. Tout ça est un coup monté ! On veut me rendre fou, on me cache la vérité, mais ça marchera pas ! *Ça marchera pas !*

Tandis que la cassette recule, je me ronge les ongles, jusqu'à goûter mon propre sang sous ma langue, mais je ne ressens pas la douleur, pas plus que je n'entends les hurlements du vent dehors. À bout de patience, je défonce la touche *«play»* et ma voix sort aussitôt de l'appareil :

— *Et le corps du jeune, Alex ?*

La respiration coupée, je penche la tête et j'écoute avec attention. J'attends. J'attends la réponse d'Alex ! Mais elle ne vient pas ! Il n'y a que le silence ! Puis, ma voix encore :

— *Il faut qu'on se parle.*

Et le silence, encore… Mais pourquoi on n'entend pas Alex ? Il m'a répondu, criss ! je m'en souviens ! Il me parlait lui aussi, alors pourquoi *on ne l'entend pas ?*

En fait, on entend seulement une respiration, tout près. Celle de Louis. Louis qui respire comme s'il paniquait, comme s'il se rendait compte que…

Le nuage sombre qui monte…

Et toujours ma voix ! Mon long monologue ridicule ! Puis :

— *C'est ça qui est arrivé, hein, Alex ?*

Mais réponds, câlice ! Parle, dis quelque chose, ostie de salaud ! PARLE !

Et tout à coup, une autre voix, lointaine, tellement faible que je dois plaquer mon oreille contre l'appareil pour distinguer les mots :

— *… grossièrement résumé, oui…*

C'est elle ! C'est la voix d'Alex, j'en suis sûr ! Pour m'en assurer, je recule un peu le ruban et refais jouer le passage. Cette fois, sa voix est aussi forte que la mienne et je la reconnais parfaitement :

— *TRÈS GROSSIÈREMENT RÉSUMÉ, OUI…*

Je le savais ! Je le savais ! Allez, je recule encore, j'écoute une autre fois. La voix est maintenant tonitruante, au point que j'en sursaute de surprise, une voix qui fait vibrer la voiture au complet :

— ***TRÈS GROSSIÈREMENT RÉSUMÉ, OUI…***

Je pousse un cri de triomphe, frappe le plafond de ma voiture. Il existe ! Je le savais ! Je suis pas fou, il existe ! Et c'est lui le grand responsable ! Tout est de sa faute ! TOUT !

Et il n'y a qu'un seul moyen pour qu'il me laisse tranquille ! Oui, un seul…

Pris d'une soudaine résolution, je lance le magnétophone sur la banquette arrière et démarre. Mon
pare-brise est couvert de neige et je mets mes essuie-
glaces en marche. La vitre arrière est aussi couverte,
mais je recule au hasard. Puis, je me mets en route.
Oui, en route, car il m'attend, encore et toujours,
là-bas, sur l'autoroute ! Et il va rester là tant que je
ne serai pas allé le rejoindre ! Alors, parfait, j'y vais !
Mais pas pour jouer, non ! Non, non ! Fini, le jeu !
Et c'est moi qui vais mettre un terme à la partie !
Une fois pour toutes !

La tempête est dantesque. Je ne vois pas à cinq
mètres devant moi, mais je m'en fous ! Je roule en
droite ligne, certain de me rendre. Et je dois me dé-
pêcher, car le nuage sombre engloutit maintenant ma
poitrine. Impossible d'aller trop vite, il y a trop de
neige, les pneus dérapent. Je vois le feu clignotant
seulement en arrivant dessus, j'applique les freins,
fais un demi-tour sur moi-même, repars sur la route.
Devant, un lampadaire réussit tant bien que mal à
éclairer la sortie vers l'autoroute et je devine une
pancarte. On a fermé l'autoroute. Au diable les fer-
metures, au large les interdictions ! Rien ne m'em-
pêchera d'aller jusqu'à lui une dernière fois, rien !
Je fonce donc sur le petit panneau qui vole en éclats
et me retrouve enfin sur l'autoroute. Du moins,
j'imagine, car il est impossible de faire la différence entre la campagne et la chaussée. En fait, il
est impossible de faire la différence entre le ciel et
la terre, mais j'avance quand même, guidé par mon
instinct de destruction. Ma voiture réussit péniblement à se frayer un chemin dans cet enfer blanc,
elle monte même jusqu'à quatre-vingts kilomètres
à l'heure, tressaute comme si elle allait exploser…

… et tout à coup, un lampadaire… une sortie…
et cette petite ombre qui bouge?… C'est Alex! Il
est là! Il me regarde approcher, il attend, fantoma-
tique dans cette apocalypse de vent et de neige.

Je pousse un cri animal. Je vais le frapper, je vais le
tuer et je vais amener son cadavre chez mes parents,
je le jetterai à leurs pieds en disant: «Regardez!
Vous voyez bien qu'il existe! Que j'avais raison!»
J'appuie sur l'accélérateur. Ma voiture se met à
zigzaguer dangereusement, dérape de plus en plus,
mais pas question que je lève mon pied de la pédale,
et au moment où mon véhicule commence à ef-
fectuer une rotation complète, je frappe Alex de
plein fouet. Je sens le terrible impact, rugis de joie.

Puis, c'est la débandade, la fin du monde. L'univers se met à chavirer dans tous les sens. Je décolle
du siège… vole… cogne… frappe… Je suis un dé
dans un verre que l'on secoue furieusement… Et
tout à coup, bruit d'éclats, éjection, tout devient
froid et, enfin, l'immobilité.

J'ouvre les yeux. Je suis étendu dans la neige.
Mon corps n'est plus qu'un amas de souffrance et
de chairs meurtries. Mais je ris. Je ris parce que j'ai
réussi. Je l'ai eu!

Je tourne la tête. La route me semble terriblement loin, mais je me mets tout de même à ramper.
Je veux le voir. Je veux toucher son cadavre, cracher
sur son visage! Ma jambe droite et mon poignet
gauche ne répondent pas à mes commandes, ils
doivent être cassés. Mais je continue de ramper,
fouetté par les rafales… J'avance malgré l'insou-
tenable douleur que me cause chaque mouvement,
chaque centimètre parcouru…

Et le nuage sombre avale maintenant mon cou, seule ma tête dépasse…

Pas tout de suite… Encore quelques secondes…

Je vois un corps… J'y suis presque… Et là-bas, pas très loin, un camion que je n'avais pas remarqué tout à l'heure. Un camion municipal, arrêté. L'arrière est ouvert et des pancartes sont visibles, sur lesquelles je parviens à lire : «ROUTE FERMÉE».

Un doute atroce, un pressentiment insupportable…

J'utilise mes dernières forces pour me rendre au corps… Je le touche… Tourne sa tête vers moi…

Le crâne est fracassé, gluant d'un mélange de neige et de sang. Les yeux sont exorbités de terreur. La bouche est entrouverte.

Ce n'est pas Alex.

C'est un inconnu, un homme, un employé qui était venu installer des pancartes.

Je lâche cette tête anonyme, tourne le visage vers la route et hurle le nom d'Alex de toutes mes forces. Puis, mon visage s'écrase dans la neige, devient si froid que je ne peux plus respirer. Je relève péniblement la tête.

Là-bas, sortant de la tempête, une silhouette approche, imperturbable dans la fureur de la nature. Le manteau rouge détaché, les mains dans les poches, les cheveux noirs frisés qui volent au vent.

Alex s'arrête juste au-dessus de moi. Je dois me tordre pour le regarder bien en face. Il m'observe avec une parfaite impassibilité. Moi, je ne dis rien, sentant peu à peu tout mon corps s'engourdir.

Il se penche vers moi et, une ultime fois, effectue son petit geste rituel : son doigt sur son front, puis sur le mien. Son index demeure cette fois très longtemps sur ma tête et je ferme les yeux, comme s'il me brûlait, me transperçait. Quand j'ouvre les paupières, Alex s'est redressé. Toujours les mains dans les poches, il me contemple encore un moment, puis sourit. Un sourire sans malice, sans moquerie ni cruauté. Un sourire teinté d'une vague mélancolie.

Il tourne les talons, s'éloigne et disparaît dans les ténèbres en furie.

Je me tourne péniblement sur le côté, demeure ainsi un moment, puis bascule sur le dos en poussant un long soupir inaudible dans les miaulements du vent. Je crois entendre un bruit de moteur, tout près. Peut-être un autre camion municipal qui approche... Pas la force de regarder. La tempête s'acharne maintenant sur mon visage, seule partie de mon corps que je sens encore, qui émerge encore du nuage sombre. J'observe le ciel quelques instants, mes yeux s'emplissent de neige et je finis par les fermer. Désespéré. Mais aussi rassuré. Car c'est maintenant la seule chose dont je ne doute plus de l'existence : le cruel et réel désespoir.

Et le nuage sombre, bien sûr...

Le camion, tout près... Des portières qui claquent, des voix qui éclatent... À quoi bon, maintenant ?

Ma dernière pensée lucide est pour papa et maman...

Enfin, le nuage sombre m'engloutit complètement.